LA MÉTAMORPHOSE

suivi de

DESCRIPTION D'UN COMBAT

*Du même auteur
dans la même collection :*

LE PROCÈS
LE CHÂTEAU
AMERIKA OU LE DISPARU

FRANZ KAFKA

LA MÉTAMORPHOSE

suivi de

DESCRIPTION
D'UN COMBAT

Avant-propos,
préfaces et traductions
de
Bernard LORTHOLARY

GF
FLAMMARION

*On trouvera en fin de volume
une bibliographie et une chronologie*

© 1988, FLAMMARION, Paris.
ISBN 2-08-070510-5

AVANT-PROPOS

Ce quatrième volume Kafka de la collection GF, venant après les trois romans inachevés et posthumes (*Le Procès*, *Le Château* et *Amerika ou Le Disparu*), nous fait pénétrer dans l'ensemble plus vaste, plus divers et plus riche encore que constituent les textes narratifs plus courts qu'a laissés l'écrivain.

A la différence des trois romans, il s'agit là pour une part (la moitié environ) d'œuvres achevées, et publiées par Kafka lui-même. On dénombre ainsi sept petits volumes, qui constituent l'œuvre non posthume de l'auteur :

— Le recueil de dix-huit textes intitulé *Considération* (1913);

— le récit intitulé *Le Verdict* (1913);

— *Le Soutier* (1913), qui n'est autre que le premier chapitre de *Amerika ou Le Disparu*;

— *La Métamorphose* (1915);

— *Dans la colonie pénitentiaire* (1919);

— le recueil de quatorze textes intitulé *Un médecin de campagne* (1919);

— un recueil de quatre récits intitulé *Un champion de jeûne* (1924).

A ces sept petits livres s'ajoutent quatre textes narratifs publiés par Kafka dans des revues.

D'autre part, on a retrouvé et publié après la mort de l'auteur des récits jusque-là inédits, au nombre de trente-quatre. La variété de cet ensemble posthume est analogue à celle des textes publiés par Kafka lui-même : de l'apologue d'une page à la longue nouvelle. Au total, c'est un ensemble presque aussi volumineux que le premier.

En troisième lieu, l'œuvre de Kafka narrateur comporte encore une foule presque innombrable de fragments disséminés dans le *Journal* et dans ses cahiers de travail : résumés de rêves, esquisses de scènes, ébauches de dialogues, schémas de récits, etc.

Pour faire un premier pas dans cet univers, nous pouvions bâtir une anthologie, aussi représentative que possible, mais inévitablement arbitraire. Nous pouvions aussi suivre l'ordre chronologique des publications, ou encore celui, parfois fort différent, dans lequel Kafka a rédigé ces textes si divers. Il nous a paru préférable de nous en tenir dans ce volume à deux textes parmi les plus longs, et donc parmi les plus proches, en somme, des romans ; et d'en choisir un parmi les textes posthumes, et un parmi ceux qu'édita l'auteur.

Parmi ces derniers, le plus célèbre est sans conteste *La Métamorphose,* et c'est aussi le plus évidemment « kafkaïen ». Plus connu même que *Le Procès,* il fait partie dans le monde entier des lectures indispensables d'un citoyen du xxe siècle. En outre, non seulement Kafka a consenti à la publication de ce récit, mais il s'en est activement soucié et, fait plus exceptionnel encore, il lui est arrivé de manifester qu'il n'en était pas mécontent. Pour ces raisons, et aussi à cause de l'intérêt particulier que lui portent tous les commentateurs, *La Métamorphose* s'imposait.

Dans l'autre ensemble, celui des récits posthumes, il nous a paru intéressant de choisir un texte aussi différent que possible du premier, un texte assez peu connu, assez négligé par la critique que manifestement il embarrasse par une sorte de caractère atypique, un texte que Kafka a beaucoup et longuement remanié pour finalement le renier plus nettement peut-être qu'aucun autre, et qui se trouve être la plus ancienne de ses productions de jeunesse, de celles du moins qu'il n'a pas détruites : *Description d'un combat*.

Autant *La Métamorphose* semble régie de bout en bout par une impeccable logique et une nécessité implacable, autant *Description d'un combat* paraît d'abord fantaisiste, fantasque, presque farfelue : à la fois rêverie aux péripéties surprenantes et arbitraires, et exercice de virtuosité.

Il nous a semblé en tout cas que c'était entre ces deux textes, séparés par une dizaine d'années et par de multiples différences, qu'on pouvait le mieux prendre la mesure du talent multiforme d'où procède, par une extraordinaire ascèse, ce que tout le monde aujourd'hui reconnaît comme le génie de Kafka.

B. L.

LA MÉTAMORPHOSE

Préface du traducteur

Même si Kafka ne choisit pas le terme international d'origine grecque, mais son synonyme proprement allemand *(Die Verwandlung)*, le titre de *La Métamorphose* situe ce récit dans une longue et riche tradition mythologique, littéraire, et quasi universelle. Non seulement Jupiter peut être à son gré homme, taureau, cygne ou pluie d'or sans cesser d'être dieu, mais d'innombrables mythes, légendes, contes et fictions littéraires ont joué, en tous lieux et en tous temps, sur ces mutations de forme cascadant sur la hiérarchie des ordres et des règnes : divin, humain, animal, végétal, minéral... La variation la plus fréquente de ce thème concerne la différence qui est à la fois la moindre et la plus fondamentale : celle qui distingue l'homme de l'animal. Voulus ou subis, irréversibles ou alternatifs, ces changements de la forme humaine en forme animale sont la version diachronique de ce que représentent en synchronie (et surtout dans les arts plastiques, tout naturellement) les êtres hybrides, centaures, sirènes, etc. Point n'est besoin d'être ethnologue pour soupçonner, derrière ces monstres et ces métamorphoses, quelque souci universel de concevoir la pérennité de la substance sous la variation du mode, de penser la différence en même temps que l'identité, de prendre au piège de l'image ou du récit la dialectique du même et de l'autre, de cerner peut-être la spécificité humaine, voire — longtemps avant le scientisme, mais conformément à la fonction de tout mythe — son origine. Ces graves questions peuvent aussi passer au second plan, et le grand thème de la métamorphose subir un traitement littéraire plus frivole en apparence : il recèle d'inépuisables ressources de pittoresque, d'érotisme un tantinet pervers, de quiproquos comiques et de retournements dramatiques. C'est ce qu'on voit dans *L'Ane d'or* d'Apulée et surtout dans une grande partie des *Métamorphoses* d'Ovide, sans parler des nombreux modernes qui s'en sont inspirés.

Ecrivant à son tour une « métamorphose », le grand lecteur qu'était Kafka, féru aussi de culture classique, ne pouvait ignorer cette tradition des « métamorphoses » légendaires et littéraires, ni manquer de se situer en quelque manière par rapport à elle, fût-ce pour s'en démarquer complètement. Mais en fait le thème a ses lois, que Kafka respecte et exploite plutôt qu'il ne les récuse.

Ainsi, comme ses devanciers, le nouvelliste ne nous fait pas le récit de la transformation elle-même. Celle-ci est posée d'emblée dans la première phrase, et quelques lignes suffisent à indiquer rapidement ses modalités anatomiques. *La Métamorphose* ne raconte pas une métamorphose, mais ses conséquences.

Gregor Samsa se réveille insecte un beau matin — tout comme un beau matin le Joseph K. du *Procès* se réveille quasiment « arrêté » et « coupable ». Il n'est plus question de châtiment divin, de malédiction ni de sortilège, mais la métamorphose elle-même s'effectue bien encore comme au « coup de baguette magique » : elle est imprévue, instantanée, inexplicable. Les « rêves agités » d'où émerge celui qui en est la victime, loin d'éclaircir le mystère, ne font que le souligner.

Il y a donc au départ du récit un fait qui enfreint le réalisme et la vraisemblance, et ressortit proprement au fantastique. Mais c'est strictement le seul. Au contraire, le réalisme le plus minutieux va présider à l'évocation de la médiocre vie quotidienne de cette famille de petits-bourgeois, comme il va caractériser aussi la description des mœurs de l'insecte, et même encore le récit des pensées et des sentiments humains qui continuent à l'agiter. Tout l'intérêt de l'œuvre, toute sa cocasserie et toute sa profondeur, tiennent, comme il est classique sur ce thème de la métamorphose, à la juxtaposition paradoxale du réalisme et du fantastique. Mais l'innovation géniale de Kafka consiste à réduire rigoureusement ce dernier à une seule et unique donnée, initiale de surcroît. C'est là, transporté au début, le « fait inouï » autour duquel doit être bâtie toute nouvelle selon Goethe et, à sa suite, tous les théoriciens allemands de la nouvelle réaliste. Une fois posée cette invraisemblable métamorphose, toute la nouvelle peut ensuite s'écrire avec le réalisme le plus conséquent.

Certes, il s'agit d'un réalisme truqué. En effet, comme l'exige le thème traditionnel, Gregor n'a changé que de « forme ». Ce qui ne change pas dans une métamorphose s'est appelé selon époques : l'âme, l'esprit, la conscience, la personne — pour s'en tenir à des termes européens. Quel que soit le nom de cet « invariant », c'est bien plutôt lui qui fait problème, et non la forme nouvelle. Si l'âne d'or d'Apulée était totalement âne, il mènerait sa vie d'âne sans qu'il n'y ait rien à raconter. Si Gregor était tout insecte, pourquoi ne profiterait-il pas de la fenêtre ouverte et de ses multiples petites pattes adhésives pour s'échapper et aller vivre ailleurs sa vie d'insecte ? Seulement voilà : l'insecte est un coléoptère immense, monstrueux, et surtout il reste intérieurement Gregor Samsa, comme l'âne restait Lucius ; il n'est plus homme dans sa façon de marcher, de manger, de parler, mais il le reste pour entendre, pour penser, pour éprouver des sentiments. Et ce au milieu même des objets et surtout des gens qui constituaient jusque-là son monde d'homme. C'est donc « toutes choses égales d'ailleurs » que la monstrueuse métamorphose intervient, et que ses conséquences méritent d'être racontées. Là encore, Kafka donne au thème traditionnel sa forme à la fois la plus épurée et, du même coup, la plus outrée, lui conférant ainsi une force et une profondeur nouvelles.

Donc, Gregor est métamorphosé dès le début même du récit, et il ne lui reste qu'à vivre sa lente déchéance, laquelle n'est que l'exacte conséquence d'une métamorphose toute différente : celle de son entourage. Tel est le véritable sujet de la nouvelle : la métamorphose d'une famille. Le père affaibli par sa faillite et sa retraite, la mère anxieuse et asthmatique, la sœur pâlotte et casanière avaient naguère pour Gregor une affection, une estime et une sollicitude à la mesure de leur dépendance à son égard. Au fil des semaines, le vieillard presque débile reprend peu à peu des forces et de l'autorité, jusqu'à se transformer enfin en l'un de ces redoutables personnages de portiers en uniforme qui hantent les romans de Kafka et terrorisent leurs héros ; la gentille petite sœur, tout d'abord affairée, devient progressivement indifférente, excédée, hostile ; la mère elle-même laisse finalement son horreur se réduire à la répugnance et l'emporter sur la tendresse maternelle. Et tous trois de convenir enfin que ce ne peut plus être Gregor, car Gregor ne leur imposerait jamais pareille épreuve ! La cause est donc entendue : ce n'est plus leur fils ou leur frère, ce n'est plus ni un être humain ni un animal, c'est à peine un objet, c'est un détritus dont on ne veut même pas savoir où la femme de ménage l'a fait disparaître. De même, dix ans plus tard, le champion de jeûne sera balayé, dans l'indifférence générale, avec la paille pourrie de sa cage, où viendra le remplacer une jeune panthère. La métamorphose de la famille Samsa, revigorée et ressoudée par l'élimination quasi sacrificielle du fils, se termine pareillement sur une image de grâce féline : la jeune fille en fleur « étire son jeune corps » dans un rayon de soleil printanier, derrière les vitres du tramway.

Nous voilà donc loin des métamorphoses miraculeuses ou magiques de la tradition mythologique ou littéraire. La métamorphose classique d'un homme en animal n'est ici que le point de départ d'une tout autre métamorphose : celle d'un groupe humain qui peu à peu exclut et finalement expulse l'un des siens, à la faveur d'une évolution allant, à l'égard de ce dernier, de l'amour à la haine. Mais Kafka n'entend plus faire de psychologie : il décrit comment se métamorphosent une situation et des comportements. De ce que pensent et éprouvent les membres de la famille et les autres personnages secondaires, nous n'avons qu'une connaissance extérieure, celle-là même qu'en a Gregor en surprenant leurs paroles, leurs gestes et leurs mimiques. En revanche, nous savons ce qu'il en déduit, et tout ce qu'il suppute, redoute ou espère. Enfermé dans sa chambre rarement entrouverte, il est le point de vue du lecteur sur la métamorphose de sa famille.

Ce dispositif narratif est, dans son principe, identique à celui des trois romans, où jamais le lecteur n'a d'autre perspective que celle du personnage principal. Mais ici la séquestration de Gregor et son infirmité croissante restreignent encore cet unique point de vue, tout en lui conférant une acuité terrible. Véritable caméra fixe, Gregor enregistre les manifestations de la métamorphose familiale déclenchée par sa propre métamorphose en animal. Ce faisant, il donne à comprendre ce qu'on peut appeler une troisième métamorphose, déterminée directement par la deuxième et indirectement par la première : son atroce métamorphose en un objet qu'on exclut, qu'on expulse et qu'on sacrifie.

Ce qui sans doute ne contribue pas peu à faire de cette histoire de triple métamorphose un modèle universel du processus d'exclusion — un modèle pouvant au gré du lecteur rendre compte aussi bien de l'exclusion du malade, ou du Juif, ou de l'écrivain, etc. —, c'est d'abord le caractère même de la « différence » qui frappe la victime vouée à l'exclusion : son invraisemblance fantastique garantit en quelque sorte l'universalité du modèle ou, si l'on veut, du symbole.

Ensuite, Kafka prend soin de ménager une espèce de neutralité dans le débat familial. Il se garde de noircir la famille et de blanchir Gregor. Celui-ci, dans sa vie d'homme, n'avait pas moins de traits médiocres ou mesquins que ses proches. Et il est vrai que l'insecte qu'il devient est « objectivement » répugnant. A l'inverse, ses parents et sa sœur sont loin d'être des monstres. Il doit être bien clair que c'est la situation qui est mortifère, et nullement telle ou telle disposition individuelle. La différence instaurée par la métamorphose initiale enclenche un processus inéluctable d'exclusion sans que les individus y soient pour grand-chose. C'est bien pourquoi ce récit est plutôt un « modèle » qu'une quelconque histoire extraordinaire. Le fantastique n'est pas là pour son pittoresque, mais pour donner au réalisme sa portée la plus générale.

Enfin, il ne faut pas oublier que Kafka lisait *La Métamorphose* à ses amis en riant, comme il faisait d'ailleurs en leur lisant le début du *Procès*. Sans doute pouvait-il s'agir pour une part d'un rire quasi nerveux, de défense contre l'invraisemblance et la lugubre cocasserie de la métamorphose initiale de Gregor en insecte. Mais il s'agit surtout d'un trait constant de l'art de Kafka, et de sa vision du monde, où le sentiment du désespoir est inséparable du sens du grotesque. Humour juif ? Humour tchèque ? Humour en tout cas aussi cocasse qu'il est noir. Comme dans *Le Procès* auquel Kafka va bientôt travailler, et même de façon plus nette encore à la faveur de la position de pur spectateur imposée à Gregor par sa métamorphose, l'humour emprunte dans cette nouvelle les voies du comique théâtral. Le théâtre n'est-il pas spécifiquement apte à montrer, de l'extérieur, le jeu des relations entre individus à l'intérieur d'un petit groupe ? Déjà le décor de *La Métamorphose* est un décor de théâtre, de comédie bourgeoise, voire de vaudeville ; il est principalement composé de portes, sans cesse entrouvertes ou claquées. La distribution comporte des « emplois » traditionnels bien reconnaissables : le vieux Samsa est un « père grime » qui tourne au « père noble », sa femme une « duègne » éplorée, et leur fille l'une des « ingénues » qui ne le restent jamais longtemps, tandis que les locataires (rôles « à tablier ») sont traités comme un trio de pantins anonymes. L'action consiste en une série de véritables « scènes », dont le regard de Gregor détaille minutieusement la chorégraphie, les déplacements, les gestes, les mimiques, les regards. A cette panoplie du théâtre burlesque ne manquent même ni les coups de canne ou de balai, ni les galopades, ni un « bombardement » à coups de pommes ! Ce parti pris d'extériorité théâtrale et de comique scénique, sous le regard fixe de Gregor, permet mieux que toute analyse psychologique de montrer comment la famille se métamorphose en bourreau, et Gregor en victime : son discours intérieur n'est que réponse — impuissante et muette — au spectacle objectif d'un processus d'exclusion aussi « innocent » qu'inéluctable.

Kafka rédige *La Métamorphose* entre le 17 novembre et le 7 décembre 1912, comme le disent les lettres qu'il adresse pendant ces trois semaines à Felice Bauer. Le prénom de Gregor Samsa est le très proche anagramme de celui du héros du *Verdict* (dont l'auteur donne le 4 décembre une lecture publique saluée comme un grand succès), Georg Bendemann, personnage lui aussi confronté à un père qui passe de la débilité sénile à une terrible puissance, poussant finalement son fils au suicide. Quant au patronyme de Samsa, il est calqué sur celui de l'écrivain, qui décalque aussi le plan de son appartement familial pour dresser le décor de sa nouvelle. C'est l'époque où Kafka est particulièrement las d'une cohabitation à laquelle il ne peut pourtant s'arracher. L'accueil élogieux fait au *Verdict*, d'autre part, compense mal l'impression de piétiner dans la rédaction du « roman américain ». Ensuite, c'est un moment où les relations avec Felice, dans la mesure même où elles sont meilleures que jamais, posent avec une acuité particulière le problème de la solitude radicale que Kafka juge inhérente à sa condition d'écrivain. Enfin, un surcroît de soucis matériels et professionnels le tiraille d'un autre côté encore. Des idées de suicide le hantent alors même qu'il achève *La Métamorphose*, comme il l'avoue à Max Brod, qui s'alarme au point d'alerter la mère de Kafka.

De toutes ses données biographiques, il est sûr que la nouvelle porte des traces ou des reflets, et il n'est pas impossible que cet effort exceptionnellement rapide et soutenu d'écriture manifeste une volonté de surmonter les diverses difficultés qui accablent l'homme, l'écrivain, l'employé, le fils, le fiancé. En Gregor Samsa, Kafka immolerait en effigie la mauvaise part de lui-même. Mais, à supposer même que tel soit le cas, le sens de la nouvelle est ailleurs, et nous avons vu qu'il est beaucoup plus général. Le matériau biographique n'est justement qu'un matériau, que vient structurer un projet narratif s'appuyant à la fois sur la tradition des métamorphoses et, par exemple, sur la vision théâtrale et humoristique que privilégie de plus en plus l'auteur, retournant à un réalisme épuré qui sacrifie discrètement à l'expressionnisme naissant, mais surtout créant, avec une originalité saisissante, une écriture tout entière commandée par la logique d'un modèle comportemental, en l'occurrence celui de l'exclusion. Là réside le sens de cette nouvelle, comme sa valeur littéraire et aussi le secret de son extraordinaire succès.

La Métamorphose intéresse bientôt Franz Werfel, directeur littéraire chez l'éditeur Kurt Wolff, mais aussi Robert Musil, en sa qualité de rédacteur de la revue *Neue Rundschau*. Kafka tergiverse, et c'est finalement René Schickele qui publie la nouvelle dans sa revue *Die Weissen Blätter*, en octobre 1915. Kurt Wolff l'édite sous forme de livre dès le mois suivant, dans sa collection « Der jüngste Tag ». Une réédition a lieu en 1918.

L'Europe, alors, a la tête ailleurs. Après avoir eu les pieds dans les tranchées, elle est tout entière occupée par ses révolutions et ses redécoupages territoriaux. Prague et la Bohême sortent du dernier avatar de l'empire germanique et deviennent tchécoslovaques. C'est néanmoins *La Métamorphose* qui assure à Kafka une certaine notoriété auprès du public de langue allemande — public certes limité, mais de qualité, comme le prouvent déjà les noms de ceux qui s'intéressaient à la première publication. Cette notoriété, au cours des années vingt, commence à franchir les frontières, et c'est tout naturellement avec *La Métamorphose* que Kafka est introduit en France en 1928, par Alexandre Vialatte, qui en publie sa traduction dans les numéros de janvier, février et mars de la N.R.F. Rééditée en volume en 1938 et ensuite à de nombreuses reprises, cette traduction extrêmement habile et un peu trop « élégante » au goût d'aujourd'hui n'a pas peu contribué à la popularité de Kafka en France. S'il a paru cependant utile de proposer, au bout de soixante ans, une autre traduction de ce texte capital, c'est en particulier parce que son caractère de « modèle » narratif du processus d'exclusion nous a paru requérir devantage de rigueur et d'exactitude, afin que soit plus précisément rendue l'acuité du travail de Kafka, de son humour et de ce qu'on peut appeler ici son entomologie sociale.

B. L.

LA MÉTAMORPHOSE

I

En se réveillant un matin après des rêves agités, Gregor Samsa se retrouva, dans son lit, métamorphosé en un monstrueux insecte. Il était sur le dos, un dos aussi dur qu'une carapace, et, en relevant un peu la tête, il vit, bombé, brun, cloisonné par des arceaux plus rigides, son abdomen sur le haut duquel la couverture, prête à glisser tout à fait, ne tenait plus qu'à peine. Ses nombreuses pattes, lamentablement grêles par comparaison avec la corpulence qu'il avait par ailleurs, grouillaient désespérément sous ses yeux.

« Qu'est-ce qui m'est arrivé ? », pensa-t-il. Ce n'était pas un rêve. Sa chambre, une vraie chambre humaine, juste un peu trop petite, était là tranquille entre les quatre murs qu'il connaissait bien. Au-dessus de la table où était déballée une collection d'échantillons de tissus — Samsa était représentant de commerce —, on voyait accrochée l'image qu'il avait récemment découpée dans un magazine et mise dans un joli cadre doré. Elle représentait une dame munie d'une toque et d'un boa tous les deux en fourrure et qui, assise bien droite, tendait vers le spectateur un lourd manchon de fourrure où tout son avant-bras avait disparu.

Le regard de Gregor se tourna ensuite vers la fenêtre, et le temps maussade — on entendait les gouttes de pluie frapper le rebord en zinc — le rendit tout mélancolique. « Et si je redormais un peu et oubliais toutes ces sottises ? », se dit-il ; mais c'était absolument irréalisable, car il avait l'habitude de dormir sur le côté droit et, dans l'état où il était à présent, il était incapable de se mettre dans cette position. Quelque énergie qu'il mît à se jeter sur le côté droit, il tanguait et retombait à chaque fois sur le dos. Il dut bien essayer cent fois, fermant les yeux pour ne pas s'imposer le spectacle de ses pattes en train de gigoter, et il ne renonça que lorsqu'il commença à sentir sur le flanc une petite douleur sourde qu'il n'avait jamais éprouvée.

« Ah, mon Dieu, songea-t-il, quel métier fatigant j'ai choisi ! Jour après jour en tournée. Les affaires vous énervent bien plus qu'au siège même de la firme, et par-dessus le marché je dois subir le tracas des déplacements, le souci des correspondances ferroviaire, les repas irréguliers et mauvais, et des contacts humains qui changent sans cesse, ne durent jamais, ne deviennent jamais cordiaux. Que le diable emporte tout cela ! » Il sentit une légère démangeaison au sommet de son abdomen ; se traîna lentement sur le dos en se rapprochant du montant du lit afin de pouvoir mieux redresser la tête ; trouva l'endroit qui le démangeait et qui était tout couvert de petits points blancs dont il ne sut que penser ; et il voulut palper l'endroit avec une patte, mais il la retira aussitôt, car à ce contact il fut tout parcouru de frissons glacés.

Il glissa et reprit sa position antérieure. « A force de se lever tôt, pensa-t-il, on devient complètement stupide. L'être humain a besoin de son sommeil. D'autres représentants vivent comme des femmes de harem. Quand, par exemple, moi je rentre à l'hôtel dans le courant de la matinée pour transcrire les commandes que j'ai obtenues, ces messieurs n'en sont encore qu'à prendre leur petit déjeuner. Je devrais essayer ça avec mon patron ; je serais viré immédiatement. Qui sait, du reste, si ce ne serait pas une très bonne chose pour moi. Si je ne me retenais pas à cause de mes parents, il y a longtemps que j'aurais donné ma démission, je me serais présenté devant le patron et je lui aurais dit ma façon de penser, du fond du cœur. De quoi le faire tomber de son comptoir ! Il faut dire que ce ne sont pas des manières, de s'asseoir sur le comptoir et de parler de là-haut à l'employé, qui de plus est obligé d'approcher tout près, parce que le patron est sourd. Enfin, je n'ai pas encore abandonné tout espoir ; une fois que j'aurai réuni l'argent nécessaire pour rembourser la dette de mes parents envers lui — j'estime que cela prendra encore de cinq à six ans —, je ferai absolument la chose. Alors, je trancherai dans le vif. Mais enfin, pour le moment, il faut que je me lève, car mon train part à cinq heures. »

Et il regarda vers la pendule-réveil dont on entendait le tic-tac sur la commode. « Dieu du ciel ! » pensa-t-il. Il était six heures et demie, et les aiguilles avançaient tranquillement, il était même la demie passée, on allait déjà sur moins un quart. Est-ce que le réveil n'aurait pas sonné ? On voyait depuis le lit qu'il était bien réglé sur quatre heures ; et sûrement qu'il avait sonné. Oui, mais était-ce possible de ne pas entendre cette sonnerie à faire trembler les meubles et de continuer tranquillement à dormir ? Eh bien, on ne pouvait pas dire qu'il eût dormi tranquillement, mais sans doute son sommeil avait-il été d'autant plus profond. Seulement, à présent, que fallait-il faire ? Le train suivant était à sept heures ; pour l'attraper, il aurait fallu se presser de façon insensée, et la collection n'était pas remballée, et lui-même était loin de se sentir particulièrement frais et dispos. Et même s'il attrapait le train, cela ne lui éviterait pas de se faire passer un savon par le patron, car le commis l'aurait attendu au départ du train de cinq heures et aurait depuis longtemps prévenu de son absence. C'était une créature du patron, sans aucune dignité ni intelligence. Et s'il se faisait porter malade ? Mais ce serait extrêmement gênant et suspect, car depuis cinq ans qu'il était dans cette place, pas une fois Gregor n'avait été malade. Sûrement que le patron viendrait accompagné du médecin de la Caisse Maladie, qu'il ferait des reproches à ses parents à cause de leur paresseux de fils et qu'il couperait court à toute objection en se référant au médecin de la Caisse, pour qui par principe il existe uniquement des gens en fort bonne santé, mais fainéants. Et du reste, en l'occurrence, aurait-il entièrement tort ? Effectivement, à part cette somnolence vraiment superflue chez quelqu'un qui avait dormi longtemps, Gregor se sentait fort bien et avait même particulièrement faim.

Tandis qu'il réfléchissait précipitamment à tout cela sans pouvoir se résoudre à quitter son lit — la pendulette sonnait juste six heures trois quarts —, on frappa précautionneusement à la porte qui se trouvait au chevet de son lit. « Gregor », c'était sa mère qui l'appelait, « il est sept heures moins un quart. Est-ce que tu ne voulais pas prendre le train ? » La douce voix ! Gregor prit peur en s'entendant répondre : c'était sans aucun doute sa voix d'avant, mais il venait s'y mêler, comme par en dessous, un couinement douloureux et irrépressible qui ne laissait aux mots leur netteté qu'au premier instant, littéralement, pour ensuite en détruire la résonance au point qu'on ne savait pas si l'on avait bien entendu. Gregor avait d'abord l'intention de répondre en détail et de tout expliquer, mais dans ces conditions il se contenta de dire : « Oui, oui, merci maman, je me lève. » Sans doute la porte en bois empêchait-elle qu'on notât de l'extérieur le changement de sa voix, car sa mère fut rassurée par cette déclaration et s'éloigna d'un pas traînant. Mais ce petit échange de propos avait signalé aux autres membres de la famille que Gregor, contre toute attente, était encore à la maison, et voilà que déjà, à l'une des portes latérales, son père frappait doucement, mais du poing, en s'écriant : « Gregor, Gregor, qu'est-ce qui se passe ? » Et au bout d'un petit moment il répétait d'une voix plus grave et sur un ton de reproche : « Gregor ! Gregor ! » Et derrière l'autre porte latérale, la sœur de Gregor murmurait d'un ton plaintif : « Gregor ? Tu ne te sens pas bien ? Tu as besoin de quelque chose ? » A l'un comme à l'autre, Gregor répondit « je vais avoir fini », en s'imposant la diction la plus soignée et en ménageant de longues pauses entre chaque mot, afin que sa voix n'eût rien de bizarre. D'ailleurs, son père retourna à son petit déjeuner, mais sa sœur chuchota : « Gregor, ouvre, je t'en conjure. » Mais Gregor n'y songeait pas, il se félicita au contraire de la précaution qu'il avait apprise dans ses tournées et qui lui faisait fermer toutes les portes à clé pour la nuit, même quand il était chez lui.

Il entendait d'abord se lever tranquillement et en paix, s'habiller et surtout déjeuner ; ensuite seulement il réfléchirait au reste, car il se rendait bien compte qu'au lit sa méditation ne déboucherait sur rien de sensé. Il se rappela que souvent déjà il avait ressenti au lit l'une de ces petites douleurs, causées peut-être par une mauvaise position, qui ensuite, quand on était debout, se révélaient être purement imaginaires, et il était curieux de voir comment les idées qu'il s'était faites ce matin allaient s'évanouir peu à peu. Quant au changement de sa voix, il annonçait tout simplement un bon rhume, cette maladie professionnelle des représentants de commerce, aucun doute là-dessus.

Rejeter la couverture, rien de plus simple ; il n'avait qu'à se gonfler un peu, elle tomba toute seule. Mais la suite des opérations était plus délicate, surtout parce qu'il était excessivement large. Il aurait eu besoin de bras et de mains pour se redresser ; or, au lieu de cela, il n'avait que ces nombreuses petites pattes sans cesse animées des mouvements les plus divers et de surcroît impossibles à maîtriser. Voulait-il en plier une, elle n'avait rien de plus pressé que de s'étendre ; et s'il parvenait enfin à exécuter avec cette patte ce qu'il voulait, les autres pendant ce temps avaient quartier libre et travaillaient toutes dans une extrême et douloureuse excitation. « Surtout, ne pas rester inutilement au lit », se dit Gregor.

Il voulut d'abord sortir du lit en commençant par le bas de son corps, mais ce bas, que du reste il n'avait pas encore vu et dont il ne pouvait guère se faire non plus d'idée précise, se révéla trop lourd à remuer ; cela allait trop lentement ; et quand, pour finir, prenant le mors aux dents, il poussa de toutes ses forces et sans précaution aucune, voilà qu'il avait mal visé : il heurta violemment le montant inférieur du lit, et la douleur cuisante qu'il éprouva lui apprit à ses dépens que, pour l'instant, le bas de son corps en était peut-être précisément la partie la plus sensible.

Il essaya donc de commencer par extraire du lit le

haut de son corps, et il tourna prudemment la tête vers le bord. Cela marcha d'ailleurs sans difficulté, et finalement la masse de son corps, en dépit de sa largeur et de son poids, suivit lentement la rotation de la tête. Mais lorsque enfin Gregor tint la tête hors du lit, en l'air, il eut peur de poursuivre de la sorte sa progression, car si pour finir il se laissait tomber ainsi, il faudrait un vrai miracle pour ne pas se blesser à la tête. Et c'était le moment ou jamais de garder à tout prix la tête claire; il aimait mieux rester au lit.

Mais lorsque, au prix de la même somme d'efforts, il se retrouva, avec un gémissement de soulagement, dans sa position première, et qu'il vit à nouveau ses petites pattes se battre entre elles peut-être encore plus âprement, et qu'il ne trouva aucun moyen pour ramener l'ordre et le calme dans cette anarchie, il se dit inversement qu'il ne pouvait pour rien au monde rester au lit et que le plus raisonnable était de consentir à tous les sacrifices, s'il existait le moindre espoir d'échapper ainsi à ce lit. Mais dans le même temps il n'omettait pas de se rappeler qu'une réflexion mûre et posée vaut toutes les décisions désespérées. A de tels instants, il fixait les yeux aussi précisément que possible sur la fenêtre, mais hélas la vue de la brume matinale, qui cachait même l'autre côté de l'étroite rue, n'était guère faite pour inspirer l'allégresse et la confiance en soi. « Déjà sept heures », se dit-il en entendant sonner de nouveau la pendulette, « déjà sept heures, et toujours un tel brouillard. » Et pendant un moment il resta calmement étendu en respirant à peine, attendant peut-être que ce silence total restaurerait l'évidente réalité des choses.

Mais ensuite il se dit : « Il faut absolument que je sois tout à fait sorti du lit avant que sept heures et quart ne sonnent. D'ailleurs, d'ici là, il viendra quelqu'un de la firme pour s'enquérir de moi, car ils ouvrent avant sept heures. » Et il entreprit dès lors de basculer son corps hors du lit de tout son long et d'un seul coup. S'il se laissait tomber de la sorte, on pouvait présumer que la tête, qu'il allait dresser énergiquement, demeurerait intacte. Le dos semblait dur ; lui n'aurait sans doute rien, en tombant sur le tapis. Ce qui ennuyait le plus Gregor, c'était la crainte du bruit retentissant que cela produirait immanquablement et qui sans doute susciterait, de l'autre côté de toutes les portes, sinon l'effroi, du moins des inquiétudes. Mais il fallait prendre le risque.

Quand Gregor dépassa déjà à moitié du lit — la nouvelle méthode était plus un jeu qu'un effort pénible, il lui suffisait de se balancer sans arrêt en se redonnant de l'élan —, il songea soudain combien tout eût été simple si on était venu l'aider. Deux personnes robustes — il pensait à son père et à la bonne — y auraient parfaitement suffi ; elles n'auraient eu qu'à glisser leurs bras sous son dos bombé, à le détacher de la gangue du lit, à se baisser avec leur fardeau, et ensuite uniquement à le laisser avec précaution opérer son rétablissement sur le sol, où dès lors on pouvait espérer que les petites pattes auraient enfin un sens. Mais, sans compter que les portes étaient fermées à clé, aurait-il vraiment fallu appeler à l'aide ? A cette idée, en dépit de tout son désarroi, il ne put réprimer un sourire.

Il en était déjà au point où, en accentuant son balancement, il était près de perdre l'équilibre, et il lui fallait très vite prendre une décision définitive, car il ne restait que cinq minutes jusqu'à sept heures et quart... C'est alors qu'on sonna à la porte de l'appartement. « C'est quelqu'un de la firme », se dit-il, presque pétrifié, tandis que ses petites pattes n'en dansaient que plus frénétiquement. L'espace d'un instant, tout resta silencieux. « Ils n'ouvrent pas », se dit Gregor, obnubilé par quelque espoir insensé. Mais alors, naturellement, comme toujours, la bonne alla d'un pas ferme jusqu'à la porte et ouvrit. Gregor n'eut qu'à entendre la première parole de salutation prononcée par le visiteur pour savoir aussitôt qui c'était : le fondé de pouvoir en personne. Pourquoi diable Gregor était-il condamné à travailler dans une entreprise où, à la moindre incartade, on vous soupçonnait du pire ? Les employés n'étaient-ils donc tous qu'une bande de salopards, n'y avait-il parmi eux pas un seul serviteur fidèle et dévoué, à qui la seule idée d'avoir manqué ne fût-ce que quelques heures de la matinée inspirait de tels remords qu'il en perdait la tête et n'était carrément plus en état de sortir de son lit ? Est-ce que vraiment il ne suffisait pas d'envoyer aux nouvelles un petit apprenti — si tant est que cette chicanerie fût indispensable —, fallait-il que le fondé de pouvoir vînt en personne, et que du même coup l'on manifestât à toute l'innocente famille que l'instruction de cette ténébreuse affaire ne pouvait être confiée qu'à l'intelligence du fondé de pouvoir ? Et c'est plus l'excitation résultant de ces réflexions que le fruit d'une véritable décision qui fit que Gregor se jeta de toutes ses forces hors du lit. Il en résulta un choc sonore, mais pas vraiment un bruit retentissant. La chute fut un peu amortie par le tapis, et puis le dos de Gregor était plus élastique qu'il ne l'avait pensé, d'où ce son assourdi qui n'attirait pas tellement l'attention. Simplement, il n'avait pas tenu sa tête avec assez de précaution, elle avait porté ; il la tourna et, sous le coup de la contrariété et de la douleur, la frotta sur le tapis.

« Il y a quelque chose qui vient de tomber, là-dedans », dit le fondé de pouvoir dans la chambre de gauche. Gregor essaya de s'imaginer si pareille mésaventure ne pourrait pas arriver un jour au fondé de pouvoir ; de fait, il fallait convenir que ce n'était pas là une éventualité à exclure. Mais voilà que, comme pour répondre brutalement à cette interrogation, le fondé de pouvoir faisait dans la chambre attenante quelques pas résolus, en faisant craquer ses bottines vernies. De la chambre de droite, la sœur de Gregor le mettait au courant en chuchotant : « Gregor, le fondé de pouvoir est là. — Je sais », dit Gregor à la cantonade, mais sans oser forcer suffisamment la voix pour que sa sœur pût l'entendre.

« Gregor », dit alors son père dans la chambre de gauche. « M. le fondé de pouvoir est là et demande pourquoi tu n'as pas pris le premier train. Nous ne savons que lui dire. Du reste, il souhaite te parler personnellement. Donc, ouvre ta porte, je te prie. Il aura sûrement la bonté d'excuser le désordre de ta chambre. — Bonjour, monsieur Samsa ! » lança alors aimablement le fondé de pouvoir. « Il ne se sent pas bien », lui dit la mère de Gregor sans attendre que son père eût fini de parler derrière sa porte, « il ne se sent pas bien, croyez-moi, monsieur le fondé de pouvoir. Sinon, comment Gregor raterait-il un train ? Ce garçon n'a que son métier en tête. C'est au point que je suis presque fâchée qu'il ne sorte jamais le soir ; tenez, cela fait huit jours qu'il n'a pas eu de tournée, et il était tous les soirs à la maison. Il reste alors assis à la table familiale et lit le journal en silence, ou bien étudie les horaires des trains. C'est déjà pour lui une distraction que de manier la scie à découper. Ainsi, en deux ou trois soirées, il a par exemple confectionné un petit cadre ; vous serez étonné de voir comme il est joli ; il est accroché là dans sa chambre ; vous le verrez dès que Gregor aura ouvert. Je suis d'ailleurs bien contente que vous soyez là, monsieur le fondé de pouvoir ; à nous seuls, nous n'aurions pas pu persuader Gregor d'ouvrir sa porte ; il est si entêté ; et il ne se sent sûrement pas bien, quoi qu'il ait affirmé le contraire ce matin. — J'arrive tout de suite », dit lentement et posément Gregor, sans bouger pour autant, afin de ne pas perdre un mot de la conversation. « Je ne vois pas non plus d'autre explication, chère Madame », disait le fondé de pouvoir, « espérons que ce n'est rien de grave. Encore que nous autres gens d'affaires, je dois le dire, soyons bien souvent contraints — hélas ou heureusement, comme on veut — de faire tout bonnement passer nos obligations professionnelles avant une légère indisposition. — Alors, est-ce que M. le fondé de pouvoir peut venir te voir, maintenant ? » demanda impatiemment le père en frappant de nouveau à la porte. « Non », dit Gregor. Il s'ensuivit un silence embarrassé dans la chambre de gauche, et dans la chambre de droite la sœur se mit à sangloter.

Pourquoi sa sœur ne rejoignait-elle donc pas les autres ? Sans doute venait-elle tout juste de se lever et n'avait-elle pas même commencé à s'habiller. Et pourquoi donc pleurait-elle ? Parce qu'il ne se levait pas et ne laissait pas entrer le fondé de pouvoir, parce qu'il risquait de perdre son emploi et qu'alors le patron recommencerait à tourmenter leurs parents avec ses vieilles créances ? Mais c'étaient là pour le moment des soucis bien peu fondés. Gregor était toujours là et ne songeait pas le moins du monde à quitter sa famille. Pour l'instant, il était étendu là sur le tapis et personne, connaissant son état, n'aurait sérieusement exigé de lui qu'il reçût le fondé de pouvoir. Or, ce n'était pas cette petite impolitesse, à laquelle il serait d'ailleurs facile de trouver ultérieurement une excuse convenable, qui allait motiver un renvoi immédiat de Gregor. Et il trouvait qu'il eût été bien plus raisonnable qu'on le laissât tranquille pour le moment, au lieu de l'importuner en pleurant et en lui faisant la leçon. Mais voilà, c'était l'inquiétude qui tenaillait les autres et excusait leur attitude.

« Monsieur Samsa », lançait à présent le fondé de pouvoir en haussant la voix, « que se passe-t-il donc ? Vous vous barricadez dans votre chambre, vous ne répondez que par oui et par non, vous causez de graves et inutiles soucis à vos parents et — soit dit en passant — vous manquez à vos obligations professionnelles d'une façon proprement inouïe. Je parle ici au nom de vos parents et de votre patron, et je vous prie solennellement de bien vouloir fournir une explication immédiate et claire. Je m'étonne, je m'étonne. Je vous voyais comme quelqu'un de posé, de sensé, et il semble soudain que vous vouliez vous mettre à faire étalage de surprenants caprices. Le patron, ce matin, me suggérait bien une possible explication de vos négligences — elle touchait les encaissements qui vous ont été récemment confiés —, mais en vérité je lui ai presque donné ma parole que cette explication ne pouvait être la bonne. Mais à présent je vois votre incompréhensible obstination et cela m'ôte toute espèce d'envie d'intervenir le moins du monde en votre faveur. Et votre situation n'est pas des plus assurées, loin de là. Au départ, j'avais l'intention de vous dire cela de vous à moi, mais puisque vous me faites perdre mon temps pour rien, je ne vois pas pourquoi vos parents ne devraient pas être mis au courant aussi. Eh bien, vos résultats, ces temps derniers, ont été fort peu satisfaisants ; ce n'est certes pas la saison pour faire des affaires extraordinaires, et nous en convenons ; mais une saison pour ne pas faire d'affaires du tout, cela n'existe pas, monsieur Samsa, cela ne doit pas exister.

— Mais, monsieur le fondé de pouvoir », s'écria Gregor outré au point d'oublier toute autre considération, « j'ouvre tout de suite, à l'instant même. C'est un léger malaise, un vertige, qui m'a empêché de me lever. Je suis encore couché. Mais à présent je me sens de nouveau tout à fait dispos. Je suis en train de sortir de mon lit. Juste un petit instant de patience ! Cela ne va pas encore aussi bien que je le pensais. Mais je me sens déjà mieux. Comme ces choses-là vous prennent ! Hier soir encore j'allais très bien, mes parents le savent bien, ou plutôt, dès hier soir j'avais un petit pressentiment. Cela aurait dû se voir. Que n'ai-je prévenu la firme ! Mais voilà, on pense toujours surmonter la maladie sans rester chez soi. Monsieur le fondé de pouvoir ! Epargnez mes parents. Les reproches que vous me faites là ne sont pas fondés ; d'ailleurs, on ne m'en a pas soufflé mot. Peut-être n'avez-vous pas regardé les dernières commandes que j'ai transmises. Au demeurant, je partirai par le train de huit heures au plus tard, ces quelques heures de repos m'ont redonné des forces. Ne perdez surtout pas votre temps, monsieur le fondé de pouvoir ; je vais de ce pas me présenter à nos bureaux, ayez la bonté de l'annoncer, et présentez mes respects à notre patron. »

Et tout en débitant tout cela sans trop savoir ce qu'il disait, Gregor, avec une facilité résultant sans doute de son entraînement sur le lit, s'était approché de la commode, et il essayait maintenant de se redresser en prenant appui sur elle. Il voulait effectivement ouvrir la porte, voulait effectivement se montrer et parler au fondé de pouvoir ; il était désireux de savoir ce que les autres, qui le réclamaient avec tant d'insistance, diraient en le voyant. S'ils étaient effrayés, alors Gregor ne serait plus responsable et pourrait être tranquille. Et si les autres prenaient tout cela avec calme, alors Gregor n'aurait plus non plus de raison de s'inquiéter et, en faisant vite, il pourrait effectivement être à huit heures à la gare. Il commença par glisser plusieurs fois, retombant au pied du meuble trop lisse, mais finalement il prit un ultime élan et se retrouva debout ; il ne prêtait plus garde aux douleurs de son abdomen, si cuisantes qu'elles fussent. Puis il se laissa aller contre un dossier de chaise qui se trouvait à proximité, et s'y cramponna de ses petites pattes. Mais, du même coup, il avait retrouvé sa maîtrise de soi et il se tut, car maintenant il pouvait écouter ce qu'avait à dire le fondé de pouvoir.

« Avez-vous compris un traître mot ? » demandait celui-ci aux parents, « il n'est tout de même pas en train de se payer notre tête ? — Mon Dieu », s'écriait la mère aussitôt en pleurs, « il est peut-être gravement malade, et nous sommes là à le tourmenter. Grete ! Grete ! » A ce cri, la sœur répondit depuis l'autre chambre : « Maman ? » Elles se parlaient ainsi d'un côté à l'autre de la chambre de Gregor. « Tu vas tout de suite aller chercher le médecin. Gregor est malade. Vite, le médecin. Est-ce que tu as entendu Gregor parler, à l'instant ? — C'était une voix d'animal », dit le fondé de pouvoir tout doucement, alors que la mère avait crié. « Anna ! Anna ! » lança le père en direction de la cuisine, depuis l'antichambre, en frappant dans ses mains, « allez tout de suite chercher un serrurier ! » Et déjà les deux filles traversaient en courant l'antichambre dans un frou-frou de jupes — comment avait fait Grete pour s'habiller si vite ? — et ouvraient bruyamment la porte de l'appartement. On ne l'entendit pas se refermer ; sans doute l'avaient-elles laissée ouverte, comme c'est le cas dans les maisons où un malheur est arrivé.

Or, Gregor était maintenant beaucoup plus calme. Certes, on ne comprenait donc plus ses paroles, bien que lui les aient trouvées passablement distinctes, plus distinctes que précédemment, peut-être parce que son oreille s'y était habituée. Mais enfin, désormais, l'on commençait à croire qu'il n'était pas tout à fait dans son état normal, et l'on était prêt à l'aider. L'assurance et la confiance avec lesquelles avaient été prises les premières dispositions lui faisaient du bien. Il se sentait de nouveau inclus dans le cercle de ses semblables et attendait, aussi bien du médecin que du serrurier, sans trop faire la distinction entre eux, des interventions spectaculaires et surprenantes. Pour avoir une voix aussi claire que possible à l'approche de discussions décisives, il se râcla un peu la gorge en toussotant, mais en s'efforçant de le faire en sourdine, car il était possible que même ce bruit eût déjà une autre résonance que celle d'une toux humaine, et il n'osait plus en décider lui-même. A côté, entre-temps, c'était le silence complet. Peut-être que ses parents étaient assis à la table avec le fondé de pouvoir et chuchotaient, peut-être qu'ils avaient tous l'oreille collée à la porte pour écouter.

Gregor se propulsa lentement vers la porte avec la chaise, puis lâcha celle-ci, se jeta contre la porte et se tint debout en s'accrochant à elle — les coussinets de ses petites pattes avaient un peu de colle —, puis se reposa un instant de son effort. Mais ensuite il entreprit de tourner la clé dans la serrure avec sa bouche. Il apparut, hélas, qu'il n'avait pas vraiment de dents — et avec quoi saisir la clé? —, en revanche les mâchoires étaient fort robustes ; en se servant d'elles, il parvenait effectivement à faire bouger la clé, sans se soucier de ce qu'il était manifestement en train de se faire mal, car il y avait un liquide brunâtre qui lui sortait de la bouche, coulait sur la clé et tombait goutte à goutte sur le sol. « Tenez, écoutez », dit à côté le fondé de pouvoir, « il tourne la clé ». Ce fut pour Gregor un grand encouragement ; mais ils auraient tous dû lui crier, son père et sa mère aussi : « Vas-y, Gregor », ils auraient dû crier : « Tiens bon, ne lâche pas la serrure ! » Et à l'idée qu'ils suivaient tous avec passion ses efforts, il mordit farouchement la clé avec toute l'énergie qu'il pouvait rassembler. Selon où en était la rotation de la clé, c'était un ballet qu'il exécutait autour de la serrure, il ne tenait plus debout que par sa bouche, tantôt se suspendant à la clé s'il le fallait, ou bien pesant sur elle de toute la masse de son corps. Quand enfin la serrure céda, le son plus clair de son déclic réveilla littéralement Gregor. Avec un soupir de soulagement, il se dit : « Je n'ai donc pas eu besoin du serrurier. » Et il appuya la tête sur le bec-de-cane pour finir d'ouvrir la porte.

Comme il était obligé d'ouvrir la porte de cette façon, en fait elle fut déjà assez largement ouverte avant que lui-même fût visible. Il lui fallut d'abord contourner lentement le panneau, et très prudemment, s'il ne voulait pas tomber maladroitement sur le dos juste au moment de faire son entrée. Il était encore occupé à exécuter ce mouvement délicat et n'avait pas le temps de se soucier d'autre chose, quand il entendit le fondé de pouvoir pousser un grand « oh ! » — on aurait dit le bruit du vent dans les arbres —, et Gregor le vit à son tour, plus près de la porte que les autres, porter la main à sa bouche ouverte et reculer lentement, comme repoussé par une force invisible qui aurait agi continûment. La mère — elle était là, en dépit de la présence du fondé de pouvoir, avec les cheveux défaits comme pour la nuit, et qui se dressaient sur sa tête — commença par regarder le père en joignant les mains, puis fit deux pas en direction de Gregor et s'effondra au milieu de ses jupes étalées autour d'elle, la face tournée vers sa poitrine et impossible à discerner. Le père serra le poing d'un air hostile comme s'il voulait repousser Gregor dans sa chambre, puis regarda la pièce autour de lui d'un air égaré, puis se cacha les yeux derrière ses mains et se mit à pleurer tellement que sa puissante poitrine tressautait.

Or, Gregor n'entra pas dans la pièce, il s'appuya au battant fixe de la porte, de telle sorte que son corps n'était visible qu'à moitié, couronné de sa tête inclinée de côté pour observer les autres. Il faisait à présent bien plus clair; on voyait nettement, de l'autre côté de la rue, une portion de l'immeuble d'en face, immense et gris-noir — c'était un hôpital —, avec ses fenêtres régulières qui perçaient brutalement sa façade; la pluie tombait encore, mais seulement à grosses gouttes visibles une à une et littéralement jetées aussi une à une sur le sol. Le couvert du petit déjeuner occupait abondamment la table, car pour le père de Gregor le plus important repas de la journée était le petit déjeuner, qu'il prolongeait des heures durant en lisant divers journaux. Au mur d'en face était accrochée une photographie de Gregor datant de son service militaire et le représentant en uniforme de sous-lieutenant, la main posée sur la poignée de son sabre, souriant crânement et entendant qu'on respectât son allure et sa tenue. La porte donnant sur l'antichambre était ouverte et, comme la porte de l'appartement l'était aussi, on apercevait le palier et le haut de l'escalier.

« Eh bien », dit Gregor, bien conscient d'être le seul à avoir gardé son calme, « je vais tout de suite m'habiller, remballer ma collection et partir. Est-ce que vous, vous voulez bien me laisser partir ? Eh bien, vous voyez, monsieur le fondé de pouvoir, je ne suis pas buté, je ne demande qu'à travailler ; ces tournées sont fatigantes, mais je ne saurais vivre sans. Où donc allez-vous, monsieur le fondé de pouvoir ? Au bureau ? Oui ? Ferez-vous un rapport en tout point conforme à la vérité ? On peut n'être pas en état de travailler momentanément, mais c'est le moment ou jamais de se rappeler ce qui a été accompli naguère et de considérer qu'une fois l'obstacle écarté l'on en travaillera ensuite avec d'autant plus de zèle et de concentration. Tant de choses me lient à notre patron, vous le savez fort bien. D'autre part, j'ai le souci de mes parents et de ma sœur. Je me trouve coincé, mais je m'en tirerai. Seulement, ne me rendez pas les choses plus difficiles qu'elles ne sont. Prenez mon parti au bureau. Le représentant n'est pas aimé, je sais. On s'imagine qu'il gagne une fortune et qu'il a la belle vie. C'est qu'on n'a pas de raison particulière de réviser ce préjugé. Mais vous, monsieur le fondé de pouvoir, vous avez de la situation une meilleure vue d'ensemble que le reste du personnel et même, soit dit entre nous, que le patron lui-même, qui en sa qualité de chef d'entreprise laisse aisément infléchir son jugement au détriment de l'employé. Vous savez aussi fort bien que le représentant, éloigné des bureaux presque toute l'année, est facilement victime des ragots, des incidents fortuits et des réclamations sans fondements, contre lesquels il lui est tout à fait impossible de se défendre, étant donné que généralement il n'en a pas vent et n'en ressent les cuisantes conséquences, sans plus pouvoir en démêler les causes, que lorsqu'il rentre épuisé de ses tournées. Monsieur le fondé de pouvoir, ne partez pas sans m'avoir dit un mot qui me montre qu'au moins pour une petite part vous me donnez raison. »

Mais, dès les premiers mots de Gregor, le fondé de pouvoir s'était détourné et ne l'avait plus regardé, avec une moue de dégoût, que par-dessus son épaule convulsivement crispée. Et tout le temps que Gregor parla, il ne se tint pas un instant immobile, mais, sans quitter Gregor des yeux, battit en retraite vers la porte, et ce très progressivement, comme si quelque loi secrète interdisait de quitter la pièce. Il était déjà dans l'antichambre et, au mouvement brusque qu'il eut pour faire son dernier pas hors de la pièce, on aurait pu croire qu'il venait de se brûler la plante du pied. Et dans l'antichambre il tendit la main droite aussi loin que possible en direction de l'escalier, comme si l'attendait là-bas une délivrance proprement surnaturelle.

Gregor se rendit compte qu'il ne fallait à aucun prix laisser partir le fondé de pouvoir dans de telles dispositions, s'il ne voulait pas que sa position dans la firme fût extrêmement compromise. Ses parents ne comprenaient pas tout cela aussi bien ; tout au long des années, ils s'étaient forgé la conviction que, dans cette firme, l'avenir de Gregor était à jamais assuré, et du reste ils étaient à ce point absorbés par leurs soucis du moment qu'ils avaient perdu toute capacité de regarder vers le futur. Gregor, lui, regardait vers le futur. Il fallait retenir le fondé de pouvoir, l'apaiser, le convaincre, et finalement le gagner à sa cause ; car enfin, l'avenir de Gregor et de sa famille en dépendait ! Si seulement sa sœur avait été là ! Elle au moins était perspicace ; elle avait pleuré tandis que Gregor était encore tranquillement couché sur le dos. Et le fondé de pouvoir, cet homme à femmes, se serait sûrement laissé manœuvrer par elle ; elle aurait refermé la porte de l'appartement et, dans l'antichambre, elle l'aurait fait revenir de sa frayeur. Mais sa sœur n'était justement pas là, il fallait que Gregor agisse lui-même. Et sans songer qu'il ignorait tout de ses actuelles capacités de déplacement, sans songer non plus qu'éventuellement, et même probablement, son discours une fois de plus n'avait pas été compris, il s'écarta du battant de la porte ; se propulsa par l'ouverture ; voulut s'avancer vers le fondé de pouvoir, qui déjà sur le palier se cramponnait ridiculement des deux mains à la rampe ; mais aussitôt, cherchant à quoi se tenir, il retomba avec un petit cri sur toutes ses petites pattes. Dès que ce fut fait, il ressentit pour la première fois de la matinée une sensation de bien-être ; les petites pattes reposaient fermement sur le sol ; elles obéissaient parfaitement, comme il le nota avec plaisir ; elles ne demandaient même qu'à le porter où il voudrait ; et il avait déjà l'impression que la guérison définitive de ses maux était imminente. Mais à l'instant même où, réprimant en oscillant son envie de se déplacer, il se trouvait ainsi étendu sur le sol non loin de sa mère et face à elle, voici que tout d'un coup, alors qu'elle paraissait complètement prostrée, elle bondit sur ses pieds, bras tendus et doigts écartés, criant « au secours, au nom du ciel, au secours ! » penchant la tête comme pour mieux voir Gregor, mais en même temps, au contraire, reculant absurdement à toute allure, oubliant qu'elle avait derrière elle la table dressée et, une fois contre elle, s'y asseyant à la hâte comme par distraction, et ne semblant pas remarquer qu'à côté d'elle la grande cafetière renversée inondait le tapis d'un flot de café.

« Maman, maman », dit doucement Gregor en la regardant d'en bas. Le fondé de pouvoir lui était sorti de l'esprit pour un instant ; en revanche, à la vue du café qui coulait, il ne put empêcher ses mâchoires de happer dans le vide à plusieurs reprises. Ce qui derechef fit pousser les hauts cris à sa mère, qui s'enfuit de la table et alla tomber dans les bras du père qui se précipitait vers elle. Mais Gregor n'avait plus le temps de s'occuper de ses parents ; le fondé de pouvoir était déjà dans l'escalier ; le menton sur la rampe, il jetait un dernier regard derrière lui. Gregor prit son élan pour être bien sûr de le rattraper, le fondé de pouvoir dut se douter de quelque chose, car d'un bond il descendit plusieurs marches et disparut ; mais on l'entendit encore pousser un « ouh ! » qui retentit dans toute la cage d'escalier. Malheureusement, cette fuite du fondé de pouvoir parut mettre le père, resté jusque là relativement maître de lui, dans un état de totale confusion car, au lieu de courir lui-même derrière le fondé de pouvoir, ou du moins de ne pas empêcher Gregor de le faire, il empoigna de la main droite la canne que le fuyard avait abandonnée sur une chaise avec son chapeau et son pardessus, attrapa de la main gauche un grand journal qui était posé sur la table, et entreprit, en tapant des pieds, et en brandissant canne et journal, de chasser Gregor et de le faire rentrer dans sa chambre. Les prières de Gregor n'y changèrent rien, ces prières restèrent d'ailleurs incomprises, si humblement qu'il inclinât la tête, son père n'en tapait du pied que plus fort. A l'autre bout de la pièce, sa mère avait ouvert toute grande une fenêtre en dépit du temps froid et s'y penchait dangereusement en se cachant le visage dans les mains. Depuis la rue et l'escalier, il se créa un fort courant d'air, les rideaux volèrent, sur la table les journaux se froissèrent et s'effeuillèrent sur le sol. Son père repoussait Gregor implacablement, en émettant des sifflements de sauvage. Seulement Gregor n'avait encore aucun entraînement pour marcher à reculons, cela allait vraiment très lentement. Si seulement il avait eu la permission de se retourner, il aurait tout de suite été dans sa chambre, mais il craignait d'impatienter son père en perdant du temps à se retourner, et d'un instant à l'autre la canne, dans la main paternelle, le menaçait d'un coup meurtrier sur le dos ou sur la tête. Mais finalement Gregor n'eut tout de même pas le choix, car il s'aperçut avec effroi qu'en marche arrière il ne savait même pas garder sa direction ; il se mit donc, sans cesser de jeter par côté à son père des regards angoissés, à se retourner aussi promptement que possible, mais en réalité fort lentement. Peut-être son père remarqua-t-il sa bonne volonté, car il s'abstint de le déranger dans sa rotation, qu'il guida au contraire de temps à autre de loin avec le bout de sa canne. Si seulement son père n'avait pas produit ces insupportables sifflements ! Gregor en perdait complètement la tête. Il s'était déjà presque entièrement retourné quand, guettant toujours ces sifflements, il se trompa et fit plus que le demi-tour. Mais lorsque, enfin, il eut bien la tête en face de la porte ouverte, il apparut que son corps était trop large pour passer comme ça. Son père, dans les dispositions où il se trouvait, était naturellement à cent lieues de songer par exemple à ouvrir le second battant pour que Gregor eût la place de passer. Il n'avait qu'une idée fixe, c'était que Gregor devait rentrer dans sa chambre aussi vite que possible. Jamais il ne l'aurait laissé exécuter les préparatifs compliqués qui auraient été nécessaires à Gregor pour se remettre debout et tenter de franchir ainsi la porte. Au contraire, comme s'il n'y avait pas eu d'obstacle, il pressait Gregor en faisant à présent particulièrement de bruit; déjà, ce que Gregor entendait retentir derrière lui n'était plus seulement la voix d'un seul père; maintenant, il n'était vraiment plus question de plaisanter et Gregor — advienne que pourra — passa la porte en forçant. Son corps se releva d'un côté, il se trouva de biais dans l'ouverture de la porte, le flanc tout écorché, le blanc de la porte était maculé de vilaines taches, bientôt il fut coincé, et tout seul il n'aurait plus pu bouger, ses petites pattes de l'autre côté étaient suspendues en l'air toutes tremblantes, de ce côté-ci elles étaient douloureusement écrasées sur le sol..., c'est alors que son père lui administra par-derrière un coup violent et véritablement libérateur, qui le fit voler jusqu'au milieu de sa chambre, saignant abondamment. Ensuite, la porte fut encore claquée d'un coup de canne, puis ce fut enfin le silence.

II

C'est au crépuscule seulement que Gregor se réveilla, après un sommeil lourd et comateux. Même s'il n'avait pas été dérangé, il ne se serait sûrement pas éveillé beaucoup plus tard, car il eut le sentiment de s'être assez reposé et d'avoir dormi son soûl ; mais il eut l'impression d'avoir été réveillé par un pas furtif et par le bruit discret que faisait en se refermant la porte donnant sur l'antichambre. La lueur des lampadaires électriques de la rue posait des taches pâles au plafond et sur le haut des meubles, mais en bas, autour de Gregor, il faisait sombre. Tâtonnant encore lentement avec ses antennes, qu'il commençait seulement à apprécier, il se propulsa avec lenteur vers la porte, pour voir ce qui s'y était passé. Son côté gauche paraissait n'être qu'une longue cicatrice, qui tiraillait désagréablement, et, sur ses deux rangées de pattes, il boitait bel et bien. Du reste, au cours des événements de la matinée, une petite patte avait subi une blessure grave — c'était presque un miracle qu'elle fût la seule — et elle traînait derrière lui comme un poids mort.

C'est seulement une fois arrivé près de la porte

qu'il se rendit compte de ce qui l'avait attiré ; c'était l'odeur de quelque chose de comestible. Car il y avait là une écuelle de lait sucré, où l'on avait coupé des morceaux de pain blanc. Pour un peu, il aurait ri de joie, car il avait encore plus faim que le matin, et il plongea aussitôt la tête dans ce lait, jusqu'aux yeux ou presque. Mais il l'en retira bientôt avec déception ; non seulement il avait de la peine à manger, avec son flanc gauche meurtri — il ne pouvait manger qu'à condition que son corps entier y travaillât en haletant —, mais de surcroît le lait, qui était naguère sa boisson favorite, et c'était sûrement pour cela que sa sœur lui en avait apporté, ne lui disait plus rien, et ce fut même presque avec répugnance qu'il se détourna de l'écuelle et regagna en se traînant le centre de la chambre.

Dans la salle de séjour, Gregor vit par la fente de la porte que l'éclairage au gaz était allumé, mais alors que d'habitude c'était l'heure où son père lisait d'une voix forte à sa mère, et parfois aussi à sa sœur, le journal paraissant l'après-midi, on n'entendait cette fois pas le moindre son. Or, peut-être que cette lecture, dont sa sœur lui parlait toujours, y compris dans ses lettres, ne se pratiquait plus du tout ces derniers temps. Mais, même aux alentours, il régnait un grand silence, bien que cependant l'appartement ne fût pas du tout désert. « Tout de même, se dit Gregor, quelle vie tranquille menait ma famille », et tout en regardant droit devant lui dans le noir il éprouvait une grande fierté d'avoir pu procurer à ses parents et à sa sœur une vie pareille dans un appartement aussi beau. Mais qu'allait-il se passer, si maintenant toute cette tranquillité, cette aisance, cette satisfaction s'achevaient en catastrophe ? Pour ne pas s'égarer dans des idées de ce genre, Gregor préféra se mettre en mouvement et, toujours rampant, parcourir sa chambre en tous sens.

À un certain moment, au cours de cette longue soirée, on entrouvrit un peu l'une des portes latérales, et puis l'autre, mais on les referma prestement ; sans doute quelqu'un avait-il éprouvé le besoin d'entrer, mais les scrupules l'avaient emporté. Gregor s'immobilisa dès lors près de la porte donnant sur l'antichambre, bien résolu à faire entrer d'une façon ou d'une autre ce visiteur hésitant, ou à savoir qui il était ; mais la porte ne s'ouvrit plus, et Gregor attendit en vain. Au début de la journée, quand toutes les portes étaient fermées à clé, tout le monde voulait entrer, et maintenant qu'il en avait ouvert une et que les autres avaient manifestement été ouvertes au cours de la journée, personne plus ne venait, et d'ailleurs les clés étaient dans les serrures, mais de l'autre côté.

C'est seulement tard dans la nuit qu'on éteignit la lumière dans la salle de séjour, et il fut alors facile de constater que ses parents et sa sœur étaient restés éveillés jusque-là, car on les entendit nettement s'éloigner tous les trois sur la pointe des pieds. A présent, jusqu'au matin, personne ne viendrait sûrement plus voir Gregor ; il disposait donc d'un long laps de temps pour réfléchir en paix à la façon dont il allait désormais réorganiser sa vie. Mais la hauteur si dégagée de cette chambre où il était contraint de rester couché à plat lui fit peur, sans qu'il pût découvrir pourquoi — car enfin c'était la chambre où il logeait depuis cinq ans —, et, d'un mouvement à demi conscient, et non sans une légère honte, il se précipita sous le canapé, où, quoique son dos y fût un peu écrasé et qu'il ne pût plus lever la tête, il se sentit aussitôt très à son aise, regrettant seulement que son corps fût trop large pour trouver entièrement place sous le canapé.

Il y resta la nuit entière, qu'il passa en partie dans un demi-sommeil d'où la faim le tirait régulièrement, et en partie à agiter des soucis et des espoirs vagues, mais qui l'amenaient tous à conclure qu'il lui fallait provisoirement se tenir tranquille et, par sa patience et son extrême sollicitude, rendre supportables à sa famille les désagréments qu'il se voyait décidément contraint de lui faire subir dans son état actuel.

Dès le petit matin, c'était encore presque la nuit, Gregor eut l'occasion de vérifier la vigueur des résolutions qu'il venait de prendre, car sa sœur, presque entièrement habillée, ouvrit la porte de l'antichambre et regarda dans la chambre avec curiosité. Elle ne le découvrit pas tout de suite, mais quand elle l'aperçut sous le canapé — que diable, il fallait bien qu'il fût quelque part, il n'avait tout de même pas pu s'envoler —, elle en eut une telle frayeur que, sans pouvoir se contrôler, elle referma la porte de l'extérieur en la claquant à toute volée. Mais, comme si elle regrettait de s'être conduite ainsi, elle ouvrit de nouveau la porte aussitôt et entra sur la pointe des pieds, comme chez un grand malade, voire chez un inconnu. Gregor avait avancé la tête jusqu'au ras du canapé et l'observait. Allait-elle remarquer qu'il n'avait pas touché au lait, et que ce n'était pas faute d'appétit, et lui apporterait-elle un autre aliment qui lui conviendrait mieux ? Si elle ne le faisait pas d'elle-même, il aimerait mieux mourir de faim que de le lui signaler, bien qu'en fait il eût terriblement envie de jaillir de sous le canapé, de se jeter aux pieds de sa sœur et de lui demander quelque chose de bon à manger. Mais sa sœur remarqua tout de suite avec stupeur l'écuelle encore pleine, à part les quelques éclaboussures de lait qu'on voyait autour, et elle la ramassa aussitôt, à vrai dire non pas à mains nues, mais avec un chiffon, et l'emporta. Gregor était extrêmement curieux de voir ce qu'elle allait rapporter à la place, et il fit là-dessus les hypothèses les plus diverses. Jamais pourtant il n'aurait pu deviner ce que sa sœur fit, dans sa bonté. Elle lui rapporta, pour tester ses goûts, tout un choix, étalé sur un vieux journal. Il y avait là des restes de légumes à moitié avariés ; des os du dîner de la veille, entourés de sauce blanche solidifiée ; quelques raisins secs, quelques amandes ; un fromage que Gregor eût déclaré immangeable deux jours plus tôt ; une tranche de pain sec, une autre tartinée de beurre, une troisième beurrée et salée. De plus, elle joignit encore à tout cela l'écuelle, vraisemblablement destinée à Gregor une fois pour toutes, et où elle avait mis de l'eau. Et, par délicatesse, sachant que Gregor ne mangerait pas devant elle, elle repartit très vite et donna même un tour de clé, afin que Gregor notât bien qu'il pouvait se sentir tout à fait à son aise. Gregor sentit ses petites pattes s'agiter frénétiquement, en s'avançant vers la nourriture. D'ailleurs, ses blessures devaient être déjà complètement guéries, il ne ressentait plus aucune gêne, il s'en étonna et songea que, plus d'un mois auparavant, il s'était fait une toute petite coupure au doigt avec un couteau et qu'avant-hier encore la plaie lui faisait toujours passablement mal. « Est-ce que cela voudrait dire que j'ai maintenant une sensibilité moindre ? » pensa-t-il en suçotant avidement le fromage, qui l'avait aussitôt et fortement attiré, plutôt que tout autre mets. A la file et les yeux larmoyants de satisfaction, il consomma le fromage, les légumes et la sauce ; les denrées fraîches, en revanche, ne lui disaient rien, il ne pouvait pas même supporter leur odeur, il traîna même un peu à l'écart les choses qu'il voulait manger. Il avait fini depuis longtemps et restait juste là, paresseusement étendu au même endroit, quand sa sœur, pour lui signifier d'avoir à se retirer, tourna lentement la clé. Il sursauta de frayeur, quoique déjà il sommeillât presque, et se hâta de retourner sous le canapé. Mais y rester lui coûta un gros effort d'abnégation, même pendant le peu de temps que sa sœur resta dans la chambre, car ce copieux repas lui avait donné un peu de rondeur et il était tellement à l'étroit là-dessous qu'il pouvait à peine respirer. Suffoquant par instant, il vit, les yeux quelque peu exorbités, que sa sœur, sans se douter de rien, ramassait avec un balai non seulement les reliefs du repas, mais même ce que Gregor n'avait pas touché, comme si cela aussi était désormais inutilisable, versant tout à la hâte dans un seau qu'elle coiffa d'un couvercle en bois, sur quoi elle emporta le tout. A peine s'était-elle retournée que Gregor s'empressa de s'extraire de sous le canapé pour s'étirer et se dilater à nouveau.

C'est ainsi désormais que Gregor fut alimenté chaque jour, une fois le matin quand les parents et la bonne dormaient encore, et une seconde fois quand tous les autres avaient pris leur repas de midi, car alors aussi les parents dormaient un moment, et la bonne était expédiée par la sœur pour faire quelque course. Sans doute ne voulaient-ils pas non plus que Gregor mourût de faim, mais peut-être n'auraient-ils pas supporté d'être au courant de ses repas autrement que par ouï-dire, peut-être aussi que la sœur entendait leur épargner un chagrin, fût-il petit, car de fait ils souffraient suffisamment ainsi.

Quels prétextes l'on avait trouvé, le premier

matin, pour se débarrasser du médecin et du serrurier, Gregor ne put l'apprendre ; car, comme on ne le comprenait pas, personne ne songeait, même sa sœur, qu'il pût comprendre les autres, et, lorsqu'elle était dans sa chambre, il devait se contenter de l'entendre çà et là soupirer et invoquer les saints. C'est seulement plus tard, quand elle se fut un peu habituée à tout cela — jamais, naturellement, il ne fut question qu'elle s'y habituât complètement —, que Gregor put parfois saisir au vol une remarque qui partait d'un bon sentiment ou pouvait être ainsi interprétée. « Aujourd'hui, il a trouvé ça bon », disait-elle quand Gregor avait fait de sérieux dégâts dans la nourriture, tandis que dans le cas inverse, qui peu à peu se présenta de plus en plus fréquemment, elle disait d'un ton presque triste : « Voilà encore que tout est resté. »

Mais s'il ne pouvait apprendre aucune nouvelle directement, en revanche Gregor épiait beaucoup de choses dans les pièces attenantes, et il suffisait qu'il entende des voix pour qu'aussitôt il coure jusqu'à la porte correspondante et s'y colle de tout son corps. Les premiers temps surtout, il n'y eut pas une seule conversation qui ne portât sur lui, fût-ce à mots couverts. Deux jours durant, tous les repas donnèrent lieu à des conciliabules sur la façon dont il convenait désormais de se comporter ; mais même entre les repas on parlait du même sujet, car il y avait toujours deux membres de la famille à la maison, étant donné sans doute que personne ne voulait y rester seul, mais qu'en aucun cas on ne voulait qu'il n'y eût personne. En outre, dès le premier jour, la bonne — sans qu'on sût clairement si elle avait eu vent de l'événement et jusqu'à quel point — avait supplié à genoux la mère de Gregor de lui donner immédiatement son congé, et quand elle fit ses adieux un quart d'heure plus tard, c'est en pleurant qu'elle se confondit en remerciements, comme si ce congé avait été la plus grande bonté qu'on avait eue pour elle dans cette maison ; et, sans qu'on lui eût rien demandé, elle jura ses grands dieux qu'elle ne dirait rien à personne, rien de rien.

Dès lors, ce fut la sœur, avec sa mère, qui dut faire aussi la cuisine ; il est vrai que ce n'était pas un gros travail, car on ne mangeait presque rien. Gregor les entendait s'encourager en vain les uns les autres à manger, sans obtenir d'autre réponse que « merci, ça suffit » ou quelque chose dans ce genre. Peut-être ne buvait-on pas non plus. Souvent la sœur demandait au père s'il voulait de la bière, et elle s'offrait gentiment à aller en chercher et, quand le père ne répondait pas, elle déclarait pour lui ôter tout scrupule qu'elle pouvait aussi y envoyer la concierge, mais le père disait finalement un grand « non », et l'on n'en parlait plus.

Dès le premier jour, le père avait exposé en détail, tant à la mère qu'à la sœur, quelle était la situation financière de la famille et ses perspectives en la matière. Se levant parfois de table, il allait jusqu'au petit coffre-fort qu'il avait sauvé cinq ans auparavant du naufrage de son entreprise, pour en rapporter telle quittance ou tel agenda. On entendait le bruit de la serrure compliquée qui s'ouvrait et, une fois retiré le document en question, se refermait. Ces explications paternelles étaient, pour une part, la première bonne nouvelle qui parvenait à Gregor depuis sa captivité. Il avait cru qu'il n'était rien resté à son père de cette entreprise, du moins son père ne lui avait-il pas dit le contraire, et Gregor ne l'avait d'ailleurs pas interrogé là-dessus. A l'époque, l'unique souci de Gregor avait été de tout mettre en œuvre pour que sa famille oublie le plus rapidement possible la catastrophe commerciale qui les avait tous plongés dans un complet désespoir. Il s'était alors mis à travailler avec une ardeur toute particulière et, de petit commis qu'il était, presque du jour au lendemain il était devenu représentant, ce qui offrait naturellement de tout autres possibilités de gains, les succès remportés se traduisant aussitôt, sous forme de provision, en argent liquide qu'on pouvait rapporter à la maison et poser sur la table sous les yeux de la famille étonnée et ravie. C'était le bon temps, mais jamais cette première période ne se retrouva par la suite, du moins avec le même éclat, quoique Gregor se mît à gagner de quoi subvenir aux besoins de toute la famille, ce qu'il faisait effectivement. On s'était tout bonnement habitué à cela, aussi bien la famille que Gregor lui-même, on acceptait cet argent avec reconnaissance, Gregor le fournissait de bon cœur, mais les choses n'avaient plus rien de chaleureux. Seule la sœur de Gregor était tout de même restée proche de lui, et il caressait un projet secret à son égard : elle qui, contrairement à lui, aimait beaucoup la musique et jouait du violon de façon émouvante, il voulait l'an prochain, sans se soucier des gros frais que cela entraînerait et qu'on saurait bien couvrir d'une autre matière, l'envoyer au conservatoire. Souvent, lors des brefs séjours que Gregor faisait dans la ville, ce conservatoire était évoqué dans ses conversations avec sa sœur, mais toujours comme un beau rêve dont la réalisation était impensable, et les parents n'entendaient même pas ces évocations innocentes d'une très bonne oreille ; mais Gregor pensait très sérieusement à cette affaire et avait l'intention de l'annoncer solennellement le soir de Noël.

Telles étaient les pensées, bien vaines dans l'état où il était, qui lui passaient par la tête tandis qu'il était là debout à épier, collé à la porte. Parfois il était pris d'une fatigue si générale qu'il n'était plus capable d'écouter et que sa tête allait heurter doucement la porte, mais aussitôt il la retenait, car le petit bruit ainsi provoqué avait été entendu à côté et les avait tous fait taire. « Savoir ce qu'il fabrique encore », disait son père au bout d'un moment, en se tournant manifestement vers la porte, et ce n'est qu'ensuite que la conversation interrompue reprenait peu à peu.

Gregor apprit alors tout à loisir — car son père, dans ses explications, se répétait fréquemment, en partie parce que lui-même ne s'était pas occupé de ces choses depuis longtemps, et en partie aussi parce que la mère de Gregor ne comprenait pas tout du premier coup — qu'en dépit de la catastrophe il restait encore, datant de la période précédente, un capital, à vrai dire très modeste, qu'avaient quelque peu arrondi entre-temps les intérêts, auxquels on n'avait pas touché. Mais, en outre, l'argent que Gregor rapportait tous les mois à la maison — lui-même ne gardant à son usage que quelques écus — n'avait pas été entièrement dépensé et il avait constitué un petit capital. Gregor, derrière sa porte, hochait la tête avec enthousiasme, ravi de cette manifestation inattendue de prudence et d'économie. De fait, ce surplus d'argent lui aurait permis d'éponger la dette que son père avait envers son patron, rapprochant d'autant le jour où il aurait pu rayer cette ligne de son budget, mais à présent il valait sûrement mieux que son père eût pris d'autres dispositions.

Seulement, cet argent était bien loin de suffire à faire vivre la famille des seuls intérêts ; cela suffirait peut-être à la faire vivre un an, deux ans tout au plus, mais c'était tout. Donc c'était juste une somme à laquelle on n'avait pas le droit de toucher et qu'il fallait mettre de côté en cas de besoin ; et il fallait gagner de quoi vivre. Or le père était en bonne santé, mais c'était un vieil homme, qui n'avait plus travaillé depuis déjà cinq ans et qui ne devait en tout cas pas présumer de ses forces ; pendant ces cinq années, qui étaient les premières vacances de sa vie pénible et pourtant infructueuse, il avait beaucoup engraissé et était du coup devenu passablement lent. Et est-ce que sa vieille mère, peut-être, allait maintenant devoir gagner de l'argent, elle qui avait de l'asthme, elle pour qui la traversée de l'appartement était déjà un effort et qui passait un jour sur deux à suffoquer sur le sofa près de la fenêtre ouverte ? Et est-ce que sa sœur allait devoir gagner de l'argent, elle qui était encore une enfant, avec ses dix-sept ans, elle qu'on n'avait pas la moindre envie d'arracher à la vie qu'elle avait menée jusque-là, consistant à s'habiller joliment, à dormir longtemps, à aider aux travaux du ménage, à participer à quelques modestes distractions et surtout à jouer du violon ? Quand la conversation venait sur la nécessité de gagner de l'argent, Gregor commençait toujours par lâcher la porte et par se jeter sur le sofa qui se trouvait à proximité et dont le cuir était frais, car il était tout brûlant de honte et de chagrin.

Souvent il restait là couché de longues nuits durant, sans dormir un instant, grattant le cuir pendant des heures. Ou bien il ne reculait pas devant l'effort considérable que lui coûtait le déplacement d'une chaise jusqu'à la fenêtre, puis l'escalade de son rebord où il restait appuyé, calé sur la chaise, manifestement juste pour se remémorer le sentiment de liberté qu'il éprouvait naguère à regarder par la fenêtre. Car en fait, de jour en jour, il voyait de plus en plus flou, même les choses peu éloignées ; il n'apercevait plus du tout l'hôpital d'en face, dont la vue par trop fréquente le faisait jadis pester, et s'il n'avait pas su habiter dans la rue calme, mais complètement citadine, qu'était la Charlottenstrasse, il aurait pu croire que sa fenêtre donnait sur un désert où le ciel gris et la terre grise se rejoignaient jusqu'à se confondre. Il suffit que sa sœur eût observé deux fois que la chaise était devant la fenêtre pour que désormais, chaque fois qu'elle avait fait le ménage, elle la remît soigneusement à cette place, laissant même dorénavant ouvert le panneau intérieur de la fenêtre.

Si seulement Gregor avait pu parler à sa sœur et la remercier de tout ce qu'elle était obligée de faire pour lui, il aurait plus aisément supporté les services qu'elle lui rendait ; mais, dans ces conditions, il en souffrait. Certes, sa sœur s'efforçait d'atténuer autant que possible ce que tout cela avait d'extrêmement gênant et, naturellement, plus le temps passait, mieux elle y réussissait ; mais Gregor aussi voyait de plus en plus clairement son manège. Pour lui, déjà l'entrée de sa sœur était terrible. A peine était-elle dans la chambre que, sans prendre le temps de refermer la porte, si soucieuse qu'elle fût par ailleurs d'épargner à tout autre le spectacle qu'offrait la pièce de Gregor, elle courait jusqu'à la fenêtre et, comme si elle allait étouffer, l'ouvrait tout grand avec des mains fébriles ; et puis, si froid qu'il fît dehors, elle restait un petit moment à la fenêtre en respirant à fond. Par cette course et ce vacarme, elle effrayait Gregor deux fois par jour ; il passait tout ce moment à trembler sous le canapé, tout en sachant fort bien qu'elle lui aurait certainement épargné cela volontiers, si seulement elle s'était sentie capable de rester avec la fenêtre fermée dans une pièce où il se trouvait.

Un jour — il devait bien s'être écoulé un mois déjà depuis la métamorphose de Gregor, et sa sœur, tout de même, n'avait plus lieu d'être frappée d'étonnement à sa vue —, elle entra un peu plus tôt que d'habitude et le trouva encore en train de regarder par la fenêtre, immobile et effectivement effrayant, dressé comme il l'était. Gregor n'eût point été surpris qu'elle n'entrât pas, puisque, placé comme il l'était, il l'empêchait d'ouvrir tout de suite la fenêtre ; mais, non contente de ne pas entrer, elle fit un bond en arrière et referma la porte ; quelqu'un d'étranger à l'affaire aurait pu penser que Gregor avait guetté sa sœur et avait voulu la mordre. Naturellement, il alla aussitôt se cacher sous le canapé, mais il dut attendre jusqu'à midi pour que sa sœur revienne, et elle lui parut beaucoup plus inquiète que d'habitude. Il comprit donc que sa vue lui était toujours insupportable et qu'elle ne pourrait que lui rester insupportable, et que sûrement il lui fallait faire un gros effort sur elle-même pour ne pas prendre la fuite au spectacle de la moindre partie de son corps dépassant du canapé. Afin de lui épargner même cela, il entreprit un jour — il lui fallut quatre heures de travail — de transporter sur son dos jusqu'au canapé le drap de son lit et de l'y disposer de façon à être désormais complètement dissimulé, au point que sa sœur, même en se penchant, ne pût pas le voir. Si elle avait estimé que ce drap n'était pas nécessaire, elle aurait pu l'enlever, car enfin il était suffisamment clair que ce n'était pas pour son plaisir que Gregor se claquemurait ainsi ; mais elle laissa le drap en place et Gregor crut même surprendre un regard de gratitude, tandis qu'un jour il soulevait prudemment un peu le drap avec sa tête pour voir comment sa sœur prenait ce changement d'installation.

Pendant les quinze premiers jours, les parents ne purent se résoudre à entrer chez Gregor, et il les entendit souvent complimenter sa sœur du travail qu'elle faisait à présent, tandis que jusque-là ils lui manifestaient souvent leur irritation parce qu'à leurs yeux elle n'était pas bonne à grand-chose. Mais maintenant ils attendaient souvent tous les deux, le père et la mère, devant la chambre de Gregor, pendant que sa sœur y faisait le ménage et, dès qu'elle en sortait, il fallait qu'elle raconte avec précision dans quel état se trouvait la pièce, ce que Gregor avait mangé, de quelle façon il s'était comporté cette fois, et si peut-être on notait une légère amélioration. Au reste, la mère de Gregor voulut relativement vite venir le voir, mais le père et la sœur la retinrent, en usant tout d'abord d'arguments rationnels, que Gregor écouta fort attentivement et approuva sans réserve. Mais par la suite on dut la retenir de force et, quand il l'entendit crier « Mais laissez-moi donc voir Gregor, c'est mon fils, le malheureux ! Vous ne comprenez donc pas qu'il faut que je le voie ? », Gregor pensa alors que peut-être ce serait tout de même une bonne chose que sa mère vienne le voir, pas tous les jours, naturellement, mais peut-être une fois par semaine ; car enfin elle comprenait tout beaucoup mieux que sa sœur, qui en dépit de tout son courage n'était après tout qu'une enfant et qui finalement ne s'était peut-être chargée d'une aussi rude tâche que par une irréflexion d'enfant.

Le désir qu'avait Gregor de voir sa mère n'allait pas tarder à être satisfait. Pendant la journée, il ne voulait pas se montrer à la fenêtre, ne fût-ce que par égard pour ses parents, mais il ne pouvait pas non plus se traîner bien longtemps sur ces quelques mètres carrés de plancher, la nourriture ne lui procura bientôt plus le moindre plaisir, aussi prit-il l'habitude, pour se distraire, d'évoluer en tous sens sur les murs et le plafond. Il aimait particulièrement rester suspendu au plafond ; c'était tout autre chose que d'être allongé sur le sol ; une oscillation légère parcourait le corps ; et dans l'état de distraction presque heureuse où il se trouvait là-haut, il pouvait arriver que Gregor, à sa grande surprise, se lâche et atterrisse en claquant sur le plancher. Mais à présent il était naturellement bien plus maître de son corps qu'auparavant et, même en tombant de si haut, il ne se faisait pas de mal. Or, sa sœur remarqua sans tarder le nouveau divertissement que Gregor s'était trouvé — d'ailleurs sa reptation laissait çà et là des traces de colle — et elle se mit en tête de faciliter largement ces évolutions et d'enlever les meubles qui les gênaient, donc surtout la commode et le bureau. Seulement elle ne pouvait pas faire cela toute seule ; son père, elle n'osait pas lui demander de l'aider ; la petite bonne aurait certainement refusé, car cette enfant de seize ans tenait bravement le coup depuis le départ de l'ancienne cuisinière, mais elle avait demandé comme une faveur de pouvoir tenir la porte de la cuisine constamment fermée à clé et de n'avoir à ouvrir que sur appel spécial ; il ne restait donc plus à la sœur qu'à aller chercher la mère, un jour que le père était sorti. La mère de Gregor arriva d'ailleurs en poussant des cris d'excitation joyeuse, mais devant la porte de la chambre elle se tut. La sœur commença naturellement par vérifier que tout fût bien en place dans la pièce, et c'est seulement ensuite qu'elle laissa entrer sa mère. Gregor, en toute hâte, avait tiré son drap encore plus bas et en lui faisant faire plus de plis, l'ensemble avait vraiment l'air d'un drap jeté par hasard sur le canapé. Aussi bien Gregor s'abstint-il cette fois d'espionner sous son drap ; il renonça à voir sa mère dès cette première fois, trop content qu'elle eût fini par venir. « Viens, on ne le voit pas », disait la sœur, et manifestement elle tenait sa mère par la main. Gregor entendit alors ces deux faibles femmes déplacer la vieille commode, malgré tout assez lourde, et sa sœur réclamer constamment que sa mère lui laissât le plus gros du travail, ignorant les mises en garde maternelles sur le risque qu'elle courait de se fatiguer à l'excès. Cela dura très longtemps. Après un bon quart d'heure d'efforts, la mère déclara qu'il valait mieux laisser la commode là, car d'abord elle était trop lourde et elles n'en viendraient pas à bout avant le retour du père, barrant alors tous les chemins à Gregor en la laissant en plein milieu, et ensuite il n'était pas si sûr qu'on fît plaisir à Gregor en enlevant ces meubles. Elle avait plutôt l'impression inverse ; elle avait le cœur tout serré en voyant ce mur vide ; et pourquoi Gregor n'aurait-il pas le même sentiment, puisqu'il était habitué de longue date aux meubles de cette chambre et que par conséquent il se sentirait perdu quand elle serait vide. « Et d'ailleurs », conclut-elle tout bas, chuchotant plus que jamais, comme pour éviter que Gregor, dont elle ne savait pas où il se trouvait précisément, n'entendît même le son de sa voix, car pour les mots, elle était convaincue qu'il ne les comprenait pas, « et d'ailleurs, en enlevant ces meubles, est-ce que nous ne sommes pas en train de montrer que nous abandonnons tout espoir qu'il aille mieux, et de le laisser cruellement seul avec lui-même ? Je crois que le mieux serait d'essayer de maintenir sa chambre dans l'état exact où elle était, afin que Gregor, lorsqu'il reviendra parmi nous, trouve tout inchangé, et qu'il en oublie d'autant plus facilement cette période. »

En écoutant ces paroles de sa mère, Gregor se rendit compte que le manque de toute conversation humaine directe, allié à cette vie monotone au sein de sa famille, lui avait sûrement troublé l'esprit tout au long de ces deux mois; car comment s'expliquer autrement qu'il ait pu souhaiter sérieusement de voir sa chambre vidée? Avait-il réellement envie que cette pièce douillette, agréablement installée avec des meubles de famille, se métamorphosât en un antre où il pourrait certes évoluer à sa guise en tous sens, mais où en même temps il ne pourrait qu'oublier rapidement, totalement, son passé d'être humain? Car enfin il était déjà à deux doigts de l'oubli, et il avait fallu la voix de sa mère, qu'il n'avait pas entendue depuis longtemps, pour le secouer. Il ne fallait rien enlever; tout devait rester; les effets bénéfiques de ces meubles sur son état lui étaient indispensables; et si les meubles l'empêchaient de se livrer à ces évolutions ineptes, ce ne serait pas un mal, ce serait au contraire une bonne chose.

Mais sa sœur était malheureusement d'un avis différent; elle avait pris l'habitude, non sans raison à vrai dire, de se poser en expert face à ses parents lorsqu'il s'agissait des affaires de Gregor, et cette fois encore le conseil donné par sa mère suffit pour qu'elle s'obstinât à vouloir enlever non seulement les meubles auxquels elle avait d'abord pensé, la commode et le bureau, mais bien tous les meubles, à l'exception de l'indispensable canapé. Naturellement, cette exigence n'était pas inspirée que par un mouvement enfantin de défi, ni par l'assurance qu'elle avait acquise ces derniers temps de façon aussi laborieuse qu'inopinée ; de fait, elle avait aussi observé que Gregor avait besoin de beaucoup d'espace pour évoluer, mais qu'en revanche, pour ce qu'on voyait, il n'utilisait pas du tout les meubles. Mais peut-être que jouait aussi l'esprit exalté des jeunes filles de son âge : il cherche à se satisfaire en toute occasion et, en l'occurrence, il inspirait à Grete le désir de rendre encore plus effrayante la situation de Gregor, afin de pouvoir dès lors en faire plus pour lui qu'auparavant. Car, dans une pièce où Gregor régnerait en maître sur les murs vides, personne d'autre que Grete n'aurait sans doute jamais le courage de pénétrer.

Aussi ne voulut-elle pas démordre de sa décision, malgré sa mère que d'ailleurs cette chambre inquiétait et semblait faire hésiter, et qui bientôt se tut, aidant de son mieux sa fille à emporter la commode. Eh bien, la commode, Gregor pouvait encore s'en passer, à la rigueur ; mais le bureau, déjà, devait rester. Et à peine les deux femmes, se pressant en gémissant contre la commode, eurent-elles quitté la pièce, que Gregor sortit la tête de sous le canapé pour voir comment il pourrait intervenir avec prudence et autant de discrétion que possible. Mais par malheur ce fut justement sa mère qui revint la première, pendant que dans la pièce voisine Grete tenait la commode enlacée, parvenant juste à la faire osciller de-ci, de-là, mais évidemment pas à la faire avancer. Or, la mère de Gregor n'était pas habituée à l'aspect qu'il avait et qui aurait pu la rendre malade, aussi Gregor repartit-il bien vite en marche arrière jusqu'au fond du canapé, mais sans pouvoir empêcher que le drap bouge un peu au premier plan. Cela suffit pour attirer l'attention de sa mère. Elle s'immobilisa, resta figée un instant, puis repartit trouver Grete.

Quoiqu'il se dît sans cesse qu'il ne se passait rien d'extraordinaire, qu'on déplaçait juste quelques meubles, Gregor dut bientôt s'avouer que les allées et venues des deux femmes, leurs petites exclamations, le raclement des meubles sur le sol avaient sur lui l'effet d'un grand chambardement qui l'assaillait de toutes parts ; et bien qu'il rentrât la tête et les pattes, et enfonçât presque son corps dans le sol, il se dit qu'immanquablement il n'allait pas pouvoir supporter tout cela longtemps. Elles étaient en train de vider sa chambre ; elles lui prenaient tout ce qu'il aimait ; déjà la commode contenant la scie à découper et ses autres outils avait été emportée ; elles arrachaient à présent du sol où il était presque enraciné le bureau où il avait fait ses devoirs quand il était à l'école de commerce, quand il était au lycée, et même déjà lorsqu'il était à l'école primaire... Il n'était vraiment plus temps d'apprécier si les deux femmes étaient animées de bonnes intentions, d'ailleurs il avait presque oublié leur existence, car leur épuisement les faisait travailler en silence, et l'on n'entendait plus que le bruit lourd de leurs pas.

Il se jeta donc hors de son repaire — les femmes, dans l'autre pièce, s'étaient accotées un instant au bureau pour reprendre un peu leur souffle —, changea quatre fois de direction, ne sachant vraiment pas que sauver en priorité ; c'est alors que lui sauta aux yeux, accrochée sur le mur par ailleurs nu, l'image de la dame vêtue uniquement de fourrure ; il grimpa prestement jusqu'à elle et se colla contre le verre, qui le retint et fit du bien à son ventre brûlant. Cette image, du moins, que Gregor à présent recouvrait en entier, on pouvait être sûr que personne n'allait la lui enlever. Il tordit la tête vers la porte de l'antichambre, pour observer les femmes à leur retour.

Elles ne s'étaient pas accordé beaucoup de repos et revenaient déjà ; Grete tenait sa mère à bras-le-corps et la portait presque. « Eh bien, qu'emportons-nous maintenant ? » dit-elle en regardant autour d'elle. C'est alors que se croisèrent le regard de Grete et celui de Gregor sur son mur. Sans doute uniquement à cause de la présence de sa mère, elle garda son calme, pencha le visage vers elle pour l'empêcher de regarder, puis dit tout à trac et non sans frémir : « Allez, tu ne préfères pas revenir un instant dans la salle de séjour ? » Pour Gregor, les intentions de sa sœur étaient claires : elle voulait mettre leur mère en sécurité, puis le chasser de son mur. Eh bien, elle pouvait toujours essayer. Il était installé sur son sous-verre et ne le lâcherait pas. Il sauterait plutôt à la figure de sa sœur.

Mais les paroles de Grete avaient bien plutôt inquiété sa mère, qui fit un pas de côté, aperçut la gigantesque tache brune sur le papier peint à fleurs et, avant de prendre vraiment conscience que c'était Gregor qu'elle voyait, cria d'une voix étranglée « Ah, mon Dieu ! Ah, mon Dieu ! », pour s'abattre, bras en croix comme si elle renonçait à tout, sur le canapé, où elle ne bougea plus. « Ah, Gregor ! » s'écria Grete en levant le poing et en jetant à son frère des regards pénétrants. C'étaient, depuis sa métamorphose, les premiers mots qu'elle lui adressait directement. Elle courut chercher quelque flacon de sels dans la pièce voisine, pour faire revenir sa mère de son évanouissement. Gregor voulut aider lui aussi — pour sauver son sous-verre il serait toujours temps —, mais il collait solidement à la vitre et dut s'en arracher en forçant ; il se précipita alors à son tour dans l'autre pièce, comme s'il pouvait donner quelque conseil à sa sœur, comme autrefois ; mais il ne put que rester derrière elle sans rien faire ; fouillant parmi divers flacons, elle eut de nouveau peur lorsqu'elle se retourna ; un flacon tomba par terre et se brisa ; un éclat blessa Gregor à la face, tandis qu'il se retrouvait dans une flaque de quelque médicament corrosif ; sans plus s'attarder, Grete ramassa autant de flacons qu'elle pouvait en tenir et fila rejoindre sa mère, refermant la porte d'un coup de pied. Gregor se trouvait donc coupé de sa mère, qui était peut-être près de mourir par sa faute ; il ne fallait pas ouvrir la porte, s'il ne voulait pas chasser sa sœur, qui devait rester auprès de sa mère ; il n'avait maintenant qu'à attendre ; assailli de remords et de souci, il se mit à ramper, évoluant sur les murs, les meubles et le plafond, pour finalement, désespéré et voyant toute la pièce se mettre à tourner autour de lui, se laisser choir au milieu de la grande table.

Il se passa un petit moment, Gregor gisait là exténué, alentour c'était le silence, peut-être était-ce bon signe. C'est alors qu'on sonna. La petite bonne était naturellement enfermée à clé dans la cuisine, et c'est donc Grete qui dut aller ouvrir. Le père rentrait. « Qu'est-ce qui s'est passé ? », tels furent ses premiers mots ; sans doute avait-il tout compris, rien qu'à voir l'air de Grete. Elle répondit d'une voix assourdie, pressant vraisemblablement son visage contre la poitrine de son père : « Maman s'est trouvée mal, mais ça va déjà mieux. Gregor s'est échappé. — Je m'y attendais, dit le père, je vous l'avais toujours dit ; mais vous autres femmes, vous n'écoutez rien. » Gregor comprit que son père avait mal interprété le compte rendu excessivement bref que lui avait fait Grete, et qu'il supposait que Gregor s'était rendu coupable de quelque acte de violence. Il fallait donc maintenant que Gregor rassure son père ; car, pour lui fournir des explications, il n'en avait ni le temps ni la possibilité. Aussi se réfugia-t-il contre la porte de sa chambre et se pressa contre elle, afin que son père, dès qu'il entrerait dans l'antichambre, pût aussitôt voir que Gregor était animé des meilleures intentions, qu'il voulait tout de suite rentrer dans sa chambre et qu'il n'était pas nécessaire de le chasser, qu'il suffisait d'ouvrir la porte pour qu'il disparût immédiatement.

Mais le père n'était pas d'humeur à discerner ce genre de finesses. « Ah ! » s'écria-t-il dès son entrée, sur un ton qui exprimait à la fois la fureur et la satisfaction. Gregor écarta la tête de la porte et la leva vers son père. Il n'avait vraiment pas imaginé son père tel qu'il le voyait là ; certes, ces derniers temps, à force de se livrer à ses évolutions rampantes d'un genre nouveau, il avait négligé de se préoccuper comme naguère de ce qui se passait dans le reste de l'appartement, et il aurait dû effectivement s'attendre à découvrir des faits nouveaux. Mais tout de même, tout de même, était-ce encore là son père ? Etait-ce le même homme qui, naguère encore, était fatigué et enfoui dans son lit, quand Gregor partait pour une tournée ; qui, les soirs où Gregor rentrait, l'accueillait en robe de chambre dans son fauteuil ; qui n'était guère capable de se lever et se contentait de tendre les bras en signe de joie, et qui, lors des rares promenades communes que la famille faisait quelques dimanches par an et pour les jours fériés importants, marchant entre Gregor et sa mère qui allaient pourtant déjà lentement, les ralentissait encore un peu plus, emmitouflé dans son vieux manteau, tâtant laborieusement le sol d'une béquille précautionneuse et, quand il voulait dire quelque chose, s'arrêtant presque à chaque fois pour rameuter autour de lui son escorte ? Mais à présent il se tenait tout ce qu'il y a de plus droit ; revêtu d'un uniforme strict, bleu à boutons dorés, comme en portent les employés des banques, il déployait son puissant double menton sur le col haut et raide de sa vareuse ; sous ses sourcils broussailleux, ses yeux noirs lançaient des regards vifs et vigilants ; ses cheveux blancs, naguère en bataille, étaient soigneusement lissés et séparés par une raie impeccable. Sa casquette, ornée d'un monogramme doré, sans doute celui d'une banque, décrivit une courbe à travers toute la pièce pour atterrir sur le canapé ; puis, les mains dans les poches de son pantalon et retroussant ainsi les pans de sa longue vareuse, il marcha vers Gregor avec un air d'irritation contenue. Il ne savait sans doute pas lui-même ce qu'il projetait de faire ; mais toujours est-il qu'il levait les pieds exceptionnellement haut, et Gregor s'étonna de la taille gigantesque qu'avaient les semelles de ses bottes. Mais il ne s'attarda pas là-dessus, sachant bien depuis le premier jour de sa nouvelle vie que son père considérait qu'il convenait d'user à son égard de la plus grande sévérité. Aussi se mit-il à courir devant son père, s'arrêtant quand son père s'immobilisait, et filant à nouveau dès que son père faisait un mouvement. Ils firent ainsi plusieurs fois le tour de la pièce, sans qu'il se passât rien de décisif, et même sans que cela eût l'air d'une poursuite, tant tout cela se déroulait sur un rythme lent. C'est d'ailleurs pourquoi Gregor restait pour le moment sur le plancher, d'autant qu'il craignait, s'il se réfugiait sur les murs ou le plafond, que son père ne voie là de sa part une malice particulière. Encore Gregor était-il obligé de se dire qu'il ne tiendrait pas longtemps, même à ce régime, car pendant que son père faisait un pas, il devait exécuter, lui, quantité de petits mouvements. L'essoufflement commençait déjà à se manifester ; aussi bien n'avait-il pas le poumon bien robuste, même dans sa vie antérieure. Tandis qu'ainsi il titubait, ouvrant à peine les yeux pour mieux concentrer ses énergies sur sa course, et que dans son hébétude il n'avait pas idée de s'en tirer autrement qu'en courant, et qu'il avait déjà presque oublié qu'il disposait des murs — en l'occurrence encombrés de meubles délicatement sculptés, tout en pointes et en créneaux —, voilà que, lancé avec légèreté, quelque chose vint atterrir tout à côté de lui et rouler sous son nez. C'était une pomme ; elle fut aussitôt suivie d'une deuxième ; Gregor se figea, terrifié ; poursuivre la course était vain, car son père avait décidé de le bombarder. Puisant dans la coupe de fruits sur la desserte, il s'était rempli les poches de pommes et maintenant, sans viser précisément pour l'instant, les lançait l'une après l'autre. Les petites pommes rouges roulaient par terre en tous sens, comme électrisées, et s'entrechoquaient. L'une d'elles, lancée mollement, effleura le dos de Gregor et glissa sans provoquer de dommage. Mais elle fut aussitôt suivie d'une autre qui, au contraire, s'enfonça littéralement dans le dos de Gregor ; il voulut se traîner un peu plus loin, comme si cette surprenante et incroyable douleur pouvait passer en changeant de lieu ; mais il se sentit comme cloué sur place et s'étira de tout son long, dans une complète confusion de tous ses sens. Il vit seulement encore, d'un dernier regard, qu'on ouvrait brutalement la porte de sa chambre et que, suivie par sa sœur qui criait, sa mère en sortait précipitamment, en chemise, car sa sœur l'avait déshabillée pour qu'elle respirât plus librement pendant son évanouissement, puis que sa mère courait vers son père en perdant en chemin, l'un après l'autre, ses jupons délacés qui glissaient à terre, et qu'en trébuchant sur eux elle se précipitait sur le père, l'enlaçait, ne faisait plus qu'un avec lui — mais Gregor perdait déjà la vue — et, les mains derrière la nuque du père, le suppliait d'épargner la vie de Gregor.

III

Cette grave blessure, dont Gregor souffrit plus d'un mois — personne n'osant enlever la pomme, elle resta comme un visible souvenir, fichée dans sa chair — parut rappeler, même à son père, qu'en dépit de la forme affligeante et répugnante qu'il avait à présent, Gregor était un membre de la famille, qu'on n'avait pas le droit de le traiter en ennemi et qu'au contraire le devoir familial imposait qu'à son égard on ravalât toute aversion et l'on s'armât de patience, rien que de patience.

Et si, du fait de sa blessure, Gregor avait désormais perdu pour toujours une part de sa mobilité, et que pour le moment il lui fallait, pour traverser sa chambre, comme un vieil invalide, de longues, longues minutes — quant à évoluer en hauteur, il n'en était plus question —, en revanche il reçut pour cette détérioration de son état une compensation qu'il jugea tout à fait satisfaisante : c'est que régulièrement, vers le soir, on lui ouvrit la porte donnant sur la pièce commune, porte qu'il prit l'habitude de guetter attentivement une ou deux heures à l'avance, et qu'ainsi, étendu dans l'obscurité de sa chambre, invisible depuis la salle de séjour, il pouvait voir toute la famille attablée sous la lampe et écouter ses conversations, avec une sorte d'assentiment général, et donc tout autrement qu'avant.

Certes, ce n'étaient plus les entretiens animés d'autrefois, ceux auxquels Gregor, dans ses petites chambres d'hôtel, songeait toujours avec un peu de nostalgie au moment où, fatigué, il devait se glisser entre des draps humides. Maintenant, tout se passait en général fort silencieusement. Le père s'endormait sur sa chaise peu après la fin du dîner ; la mère et la sœur se rappelaient mutuellement de ne pas faire de bruit ; la mère, courbée sous la lampe, cousait de la lingerie pour un magasin de nouveautés ; la sœur, qui avait pris un emploi de vendeuse, consacrait ses soirées à apprendre la sténographie et le français, dans l'espoir de trouver un jour une meilleure place. Parfois, le père se réveillait et, comme ne sachant pas qu'il avait dormi, disait à la mère : « Comme tu couds longtemps, ce soir encore ! » Puis il se rendormait aussitôt, tandis que la mère et la sœur échangeaient des sourires las.

Avec une sorte d'entêtement, le père se refusait, même en famille, à quitter son uniforme ; et tandis que sa robe de chambre pendait, inutile, à la patère, il sommeillait en grande tenue sur sa chaise, comme s'il était toujours prêt à assurer son service et attendait, même ici, la voix de son supérieur. En conséquence, cette tenue, qui au début déjà n'était pas neuve, perdit de sa propreté en dépit du soin qu'en prenaient la mère et la fille, et Gregor contemplait souvent des soirs durant cet uniforme constellé de taches, mais brillant de ses boutons dorés toujours astiqués, dans lequel le vieil homme dormait fort inconfortablement et pourtant tranquillement.

Dès que la pendule sonnait dix heures, la mère s'efforçait de réveiller le père en lui parlant doucement, puis de le persuader d'aller se coucher, car cette façon de dormir n'en était pas une et, devant prendre son service à six heures, le père avait absolument besoin de vrai sommeil. Mais avec l'entêtement qui s'était emparé de lui depuis qu'il était employé, il s'obstinait régulièrement à rester encore plus longtemps à la table, quoiqu'il s'endormît immanquablement, et ce n'est qu'à grand-peine qu'on pouvait l'amener ensuite à troquer sa chaise contre son lit. La mère et la sœur pouvaient bien l'assaillir de petites exhortations, il secouait lentement la tête des quarts d'heure durant, gardait les yeux fermés et ne se levait pas. La mère le tirait par la manche, lui disait des mots doux à l'oreille, la sœur lâchait son travail pour aider sa mère, mais ça ne prenait pas. Le père ne faisait que s'affaisser encore davantage sur sa chaise. Ce n'est que quand les femmes l'empoignaient sous les bras qu'il ouvrait les yeux, regardait tour à tour la mère et la fille, et disait habituellement : « Voilà ma vie ! Voilà le repos de mes vieux jours ! » S'appuyant alors sur les deux femmes, il se levait, en en faisant toute une histoire, comme si c'était à lui que sa masse pesait le plus, se laissait conduire jusqu'à la porte, faisait alors signe aux femmes de le laisser, puis continuait tout seul, tandis qu'elles s'empressaient de lâcher, qui sa couture, qui son porte-plume, pour courir derrière lui et continuer de l'aider.

Dans cette famille surmenée et exténuée, qui avait le temps de s'occuper de Gregor plus qu'il n'était strictement nécessaire ? Le train de maison fut réduit de plus en plus ; la petite bonne fut finalement congédiée; une gigantesque femme de ménage, toute en os, avec des cheveux blancs qui lui flottaient tout autour de la tête, vint matin et soir pour exécuter les gros travaux; tout le reste était fait par la mère, en plus de toute sa couture. On en vint même à vendre divers bijoux de famille qu'autrefois la mère et la sœur portaient avec ravissement à l'occasion de soirées et de fêtes : Gregor l'apprit un soir en les entendant tous débattre des prix qu'on en avait retirés. Mais le grand sujet de récrimination, c'était toujours que cet appartement était trop grand dans l'état actuel des choses, mais qu'on ne pouvait pas en changer, car on ne pouvait imaginer comment déménager Gregor. Mais l'intéressé se rendait bien compte que ce qui empêchait un déménagement, ce n'était pas seulement qu'on prît en compte sa présence, car enfin l'on aurait pu aisément le transporter dans une caisse appropriée percée de quelques trous d'aération; ce qui retenait surtout sa famille de changer de logement, c'était bien plutôt qu'elle n'avait plus le moindre espoir et estimait être victime d'un malheur sans égal dans tout le cercle de leurs parents et de leurs connaissances. Tout ce que le monde exige de gens pauvres, ils s'en acquittaient jusqu'au bout, le père allait chercher leur déjeuner aux petits employés de la banque, la mère s'immolait pour le linge de personnes inconnues, la sœur courait de-ci de-là derrière son comptoir au gré des clients qui la commandaient, et les forces de la famille suffisaient tout juste à cela, pas davantage. Et la blessure dans le dos de Gregor recommençait à lui faire mal comme au premier jour, quand sa mère et sa sœur, ayant mis le père au lit, revenaient et laissaient en plan leur travail, se serraient l'une contre l'autre et déjà s'asseyaient joue contre joue; et quand alors sa

mère, montrant la chambre de Gregor, disait
« Ferme donc cette porte, Grete », et quand ensuite
Gregor se retrouvait dans l'obscurité, tandis qu'à
côté les deux femmes mêlaient leurs larmes ou,
pire encore, regardaient fixement la table sans
pleurer.

Gregor passait les nuits et les journées presque
sans dormir. Quelquefois il songeait qu'à la prochaine ouverture de la porte il allait reprendre en
main les affaires de la famille, tout comme naguère ;
dans ses pensées surgissaient à nouveau, après bien
longtemps, son patron et le fondé de pouvoir, les
commis et les petits apprentis, le portier qui était
tellement stupide, deux ou trois amis travaillant
dans d'autres maisons, une femme de chambre d'un
hôtel de province, souvenir fugitif et charmant, la
caissière d'une chapellerie à qui il avait fait une cour
sérieuse, mais trop lente... Tous ces gens apparaissaient, entremêlés d'inconnus ou de gens déjà
oubliés, mais au lieu d'apporter une aide à sa famille
et à lui-même, ils étaient aussi inaccessibles les uns
que les autres, et il était content de les voir
disparaître. D'autres fois, il n'était pas du tout
d'humeur à se soucier de sa famille, il n'éprouvait
que fureur qu'on s'occupât si mal de lui et, quoique
incapable d'imaginer ce qu'il aurait eu envie de
manger, il n'en forgeait pas moins des plans pour
parvenir jusqu'à l'office et y prendre ce qui malgré
tout lui revenait, même s'il n'avait pas faim. Sans
plus réfléchir à ce qui aurait pu faire plaisir à
Gregor, sa sœur poussait du pied dans sa chambre,
en vitesse, avant de partir travailler le matin et
l'après-midi, un plat quelconque que le soir, sans se
soucier si Gregor y avait éventuellement goûté ou si
— comme c'était le cas le plus fréquent — il n'y
avait pas touché, elle enlevait d'un coup de balai. Le

ménage de la chambre, dont désormais elle s'occupait toujours le soir, n'aurait guère pu être fait plus vite. Des traînées de crasse s'étalaient sur les murs, de petits amas de poussière et d'ordure entremêlées gisaient çà et là sur le sol. Dans les premiers temps, Gregor se postait, à l'arrivée de sa sœur, dans tel ou tel coin précis, afin de lui exprimer une sorte de reproche par la façon dont il se plaçait. Mais sans doute aurait-il pu y rester des semaines sans que sa sœur s'améliorât pour autant ; car enfin elle voyait la saleté tout aussi bien que lui, simplement elle avait décidé de la laisser. Avec cela, c'est avec une susceptibilité toute nouvelle qu'elle veillait à ce que le ménage dans la chambre de Gregor lui demeurât réservé, et ce genre de susceptibilité avait gagné toute la famille. Un jour, la mère de Gregor avait soumis sa chambre à un nettoyage en grand qui avait nécessité l'emploi de plusieurs seaux d'eau — à vrai dire, toute cette humidité offusqua Gregor aussi, qui s'étalait sur le canapé, immobile et renfrogné —, mais elle en fut bien punie. Car, le soir, à peine la sœur eut-elle remarqué le changement intervenu dans la chambre que, complètement ulcérée, elle revint en courant dans la salle de séjour et, ignorant le geste d'adjuration de sa mère, piqua une crise de larmes que ses parents — le père ayant naturellement sursauté sur sa chaise — commencèrent par regarder avec stupeur et désarroi ; jusqu'au moment où, à leur tour, ils se mirent en branle ; le père faisant, côté cour, des reproches à la mère pour n'avoir pas laissé à la sœur le soin du ménage dans la chambre de Gregor, tandis que, côté jardin, il criait à la sœur que jamais plus elle n'aurait le droit de faire ladite chambre ; pendant que la mère tentait d'entraîner vers la chambre à coucher le père surexcité qui ne se connaissait plus ; que la sœur,

LA MÉTAMORPHOSE 79

secouée de sanglots, maltraitait la table avec ses petits poings ; et que Gregor sifflait comme un serpent, furieux que personne n'eût l'idée de fermer la porte et de lui épargner ce spectacle et ce vacarme.

Mais même si, exténuée par son travail professionnel, la sœur s'était fatiguée de prendre soin de Gregor comme naguère, sa mère n'aurait pas eu besoin pour autant de prendre sa relève et il n'y aurait pas eu de raison que Gregor fût négligé. Car il y avait maintenant la femme de ménage. Cette veuve âgée, qui sans doute, au cours de sa longue vie, avait dû à sa forte charpente osseuse de surmonter les plus rudes épreuves, n'avait pas vraiment de répugnance pour Gregor. Sans être le moins du monde curieuse, elle avait un jour ouvert par hasard la porte de sa chambre et, à la vue de Gregor tout surpris, qui s'était mis à courir en tous sens bien que personne ne le poursuivît, elle était restée plantée, les mains jointes sur le ventre, l'air étonné. Dès lors, elle ne manqua jamais, matin et soir, d'entrouvrir un instant la porte et de jeter un coup d'œil sur Gregor. Au début, elle l'appelait même en lui parlant d'une façon qu'elle estimait sans doute gentille, lui disant par exemple : « Viens un peu ici, vieux cafard ! », ou : « Voyez-moi ce vieux cafard ! » Ainsi interpellé, Gregor restait de marbre et ne bougeait pas, comme si la porte n'avait pas été ouverte. Au lieu de laisser cette femme de ménage le déranger pour rien au gré de son caprice, on aurait mieux fait de lui commander de faire sa chambre tous les jours ! Un matin, de bonne heure — une pluie violente frappait les vitres, peut-être déjà un signe du printemps qui arrivait —, Gregor fut à ce point irrité d'entendre la femme de ménage recommencer sur le même ton qu'il fit mine de s'avancer sur elle pour l'attaquer, encore que d'une démarche lente et chancelante. Mais elle, au lieu de prendre peur, se contenta de brandir bien haut une chaise qui se trouvait près de la porte et resta là, la bouche ouverte, avec l'intention évidente de ne la refermer qu'une fois que la chaise se serait abattue sur le dos de Gregor. « Alors, ça s'arrête là ? » dit-elle quand Gregor fit demi-tour, et elle reposa calmement la chaise dans son coin.

Gregor ne mangeait à présent presque plus rien. C'est tout juste si, passant par hasard près du repas préparé, il en prenait par jeu une bouchée, la gardait dans sa bouche pendant des heures, puis généralement la recrachait. Il commença par penser que c'était la tristesse provoquée par l'état de sa chambre qui le dégoûtait de manger, mais justement il se fit très vite aux modifications subies par la pièce. On avait pris l'habitude, quand des choses ne trouvaient pas leur place ailleurs, de s'en débarrasser en les mettant dans sa chambre, et il y avait maintenant beaucoup de choses qui se trouvaient dans ce cas, vu qu'on avait loué une pièce de l'appartement à trois sous-locataires. Ces messieurs austères — tous trois portaient la barbe, comme Gregor le constata un jour par une porte entrouverte — étaient très pointilleux sur le chapitre de l'ordre, non seulement dans leur chambre, mais dans toute la maison, puisque enfin ils y logeaient, et en particulier dans la cuisine. Ils ne supportaient pas la pagaille, et encore moins la saleté. De plus, ils avaient apporté presque tout ce qu'il leur fallait. C'est pourquoi beucoup de choses étaient devenues superflues et, bien qu'elles ne fussent pas vendables, on ne voulait pas non plus les jeter. Elles se retrouvèrent toutes dans la chambre de Gregor. De même, la poubelle aux cendres et, en provenance de la cuisine, celle des détritus. Tout ce qui n'avait pas son utilité sur le moment, la femme de ménage, toujours extrêmement pressée, le balançait tout simplement dans la chambre de Gregor ; heureusement, Gregor ne voyait le plus souvent que l'objet en question et la main qui le tenait. La femme de ménage avait peut-être l'intention, à terme et à l'occasion, de revenir chercher ces objets ou bien de les jeter tous à la fois, mais de fait ils gisaient à l'endroit où ils avaient d'abord été lancés et ils y restaient, sauf quand Gregor se faufilait à travers ce fatras et le faisait bouger, par nécessité d'abord, parce que sinon il n'avait pas de place pour évoluer, et ensuite de plus en plus par plaisir, bien qu'au terme de telles pérégrinations il fut fatigué et triste à mourir, et ne bougeât plus pendant des heures.

Comme parfois les sous-locataires prenaient aussi leur dîner à la maison, dans la salle de séjour, la porte de celle-ci restait parfois fermée ; mais Gregor s'y résignait sans peine, car bien des soirs où elle avait été ouverte il n'en avait pas profité, il était au contraire resté tapi, sans que sa famille s'en aperçût, dans le coin le plus sombre de sa chambre. Mais, un jour, la femme de ménage avait laissé cette porte entrouverte, et celle-ci le resta même quand ces messieurs rentrèrent le soir et qu'on alluma la lumière. Ils s'assirent en bout de table, aux places jadis occupées par Gregor, son père et sa mère, déployèrent leurs serviettes et saisirent fourchette et couteau. Aussitôt, la mère apparut sur le seuil, portant un plat de viande, et sur ses talons la sœur, avec un plat surchargé de pommes de terre. Ces mets étaient tout fumants d'une épaisse vapeur. Les messieurs se penchèrent sur les plats qu'on posait devant eux, comme pour les examiner avant d'en manger, et de fait celui du milieu, qui semblait être une autorité aux yeux des deux autres, coupa en deux, dans le plat, un morceau de viande, manifestement pour s'assurer s'il était assez bien cuit et si peut-être il ne fallait pas le renvoyer à la cuisine. Il fut satisfait, et la mère et la sœur, qui l'avaient observé avec anxiété, eurent un sourire de soulagement.

La famille elle-même mangeait à la cuisine. Néanmoins, avant de s'y rendre, le père entra dans la salle de séjour et fit le tour de la tablée en restant courbé, la casquette à la main. Les messieurs se levèrent, tous autant qu'ils étaient, et marmottèrent quelque chose dans leurs barbes. Une fois seuls, ils mangèrent dans un silence presque parfait. Gregor trouva singulier que, parmi les divers bruits du repas, on distinguât régulièrement celui des dents qui mâchaient, comme s'il s'était agi de montrer à Gregor qu'il faut des dents pour manger et qu'on ne saurait arriver à rien avec des mâchoires sans dents, si belles soient ces mâchoires. « J'ai pourtant de l'appétit, se disait Gregor soucieux, mais pas pour ces choses. Comme ces sous-locataires se nourrissent, et moi je dépéris ! »

Ce soir-là précisément — Gregor ne se souvenait pas d'avoir entendu le violon pendant toute cette période — le son de l'instrument retentit dans la cuisine. Les messieurs avaient déjà fini de dîner, celui du milieu avait tiré de sa poche un journal et en avait donné une feuille à chacun des deux autres, et tous trois lisaient, bien adossés, et fumaient. Lorsque le violon se mit à jouer, ils dressèrent l'oreille, se levèrent et, sur la pointe des pieds, gagnèrent la porte de l'antichambre, où ils restèrent debout, serrés l'un contre l'autre. On avait dû les entendre depuis la cuisine, car le père cria : « Cette musique importune peut-être ces messieurs ? Elle peut cesser immédiatement. — Au contraire, dit le monsieur du milieu, est-ce que la demoiselle ne veut pas venir nous rejoindre et jouer dans cette pièce, où c'est tout de même bien plus confortable et sympathique? — Mais certainement », dit le père comme si c'était lui le violoniste. Les messieurs réintégrèrent la pièce et attendirent. On vit bientôt arriver le père avec le pupitre, la mère avec la partition et la sœur avec son violon. La sœur s'apprêta calmement à jouer; ses parents, qui n'avaient jamais loué de chambre auparavant et poussaient donc trop loin la courtoisie envers leurs locataires, n'osèrent pas s'asseoir sur leurs propres chaises; le père s'accota à la porte, la main droite glissée entre deux boutons de sa veste d'uniforme, qu'il avait refermée; quant à la mère, l'un des messieurs lui offrit une chaise et, comme elle la laissa là où il l'avait par hasard placée, elle se retrouva assise à l'écart, dans un coin.

La sœur se mit à jouer; le père et la mère suivaient attentivement, chacun de son côté, les mouvements de ses mains. Gregor, attiré par la musique, s'était risqué à s'avancer un peu et avait déjà la tête dans la salle de séjour. Il ne s'étonnait guère d'avoir si peu d'égards pour les autres, ces derniers temps; naguère, ces égards avaient fait sa fierté. Et pourtant il aurait eu tout lieu de se cacher, surtout maintenant, car du fait de la poussière qu'il y avait partout dans sa chambre et qui volait au moindre mouvement, il était couvert de poussière lui aussi; sur son dos et ses flancs, il traînait avec lui des fils, des cheveux, des débris alimentaires; il était bien trop indifférent à tout pour se mettre sur le dos et se frotter au tapis, comme il le faisait auparavant plusieurs fois par jour. Et en dépit de l'état où il était, il n'éprouva aucune gêne à s'engager un peu sur le parquet immaculé de la salle de séjour.

Du reste, personne ne se souciait de lui. La famille était toute occupée par le violon; les sous-locataires, en revanche, qui avaient commencé par se planter, les mains dans les poches de leur pantalon, beaucoup trop près du pupitre de la sœur, au point de tous pouvoir suivre la partition, ce qui ne pouvait assurément que gêner l'exécutante, se retirèrent bientôt du côté de la fenêtre en devisant à mi-voix, têtes penchées, et restèrent là-bas, observés par le père avec inquiétude. On avait vraiment l'impression un peu trop nette qu'ils avaient espéré entendre bien jouer, ou agréablement, et qu'ils étaient déçus, qu'ils avaient assez de tout ce numéro et que c'était par pure courtoisie qu'ils laissaient encore troubler leur tranquillité. En particulier, la façon qu'ils avaient tous de rejeter la fumée de leur cigare vers le haut, par le nez et par la bouche, démontrait une extrême nervosité. Et pourtant, la sœur de Gregor jouait si bien! Son visage était incliné sur le côté, ses regards suivaient la portée en la scrutant d'un air triste. Gregor avança encore un peu, tenant la tête au ras du sol afin de croiser éventuellement le regard de sa sœur. Etait-il une bête, pour être à ce point ému par la musique? Il avait le sentiment d'apercevoir le chemin conduisant à la nourriture inconnue dont il avait le désir. Il était résolu à s'avancer jusqu'à sa sœur, à tirer sur sa jupe et à lui suggérer par là de bien vouloir venir dans sa chambre avec son violon, car personne ici ne méritait qu'elle jouât comme lui entendait le mériter. Il ne la laisserait plus sortir de sa chambre, du moins tant qu'il vivrait; son apparence effrayante le servirait, pour la première fois; il serait en même temps à toutes les portes de sa chambre, crachant comme un chat à la figure des agresseurs ; mais il ne faudrait pas que sa sœur restât par contrainte, elle demeurerait de son plein gré auprès de lui ; elle serait assise à ses côtés sur le canapé, elle inclinerait vers lui son oreille, et alors il lui confierait avoir eu la ferme intention de l'envoyer au conservatoire, il lui dirait que, si le malheur ne s'était pas produit entre-temps, il l'aurait annoncé à tous au Noël dernier — Noël était bien déjà passé, n'est-ce pas ? — en ignorant toutes les objections. Après cette déclaration, sa sœur attendrie fondrait en larmes, et Gregor se hisserait jusqu'à son épaule et l'embrasserait dans le cou, lequel, depuis qu'elle travaillait au magasin, elle portait dégagé, sans ruban ni col.

« Monsieur Samsa ! » lança au père le monsieur du milieu en montrant du doigt, sans un mot de plus, Gregor qui progressait lentement. Le violon se tut, le monsieur hocha d'abord la tête en adressant un sourire à ses amis, puis se tourna de nouveau vers Gregor. Au lieu de chasser celui-ci, son père parut juger plus nécessaire de commencer par apaiser les sous-locataires, bien que ceux-ci ne parussent nullement bouleversés et que Gregor semblât les amuser plus que le violon. Il se précipita vers eux et, les bras écartés, chercha à les refouler vers leur chambre, et en même temps à les empêcher de regarder Gregor. Ils commencèrent effectivement à se fâcher quelque peu, sans qu'on sût trop bien si c'était à propos du comportement du père ou parce qu'ils découvraient maintenant qu'ils avaient eu, sans le savoir, un voisin de chambre comme Gregor. Ils exigeaient du père des explications, levaient les bras à leur tour, tiraient nerveusement sur leurs barbes et ne reculaient que lentement en direction de leur chambre. Entre-temps, la sœur avait surmonté l'hébétude où elle avait été plongée après la brusque interruption de sa musique et, après un moment pendant lequel elle avait tenu l'instrument et l'archet au bout de ses mains molles en continuant de regarder la partition comme si elle jouait encore, elle s'était ressaisie d'un coup, avait posé le violon sur les genoux de sa mère, laquelle était toujours sur sa chaise et respirait à grand-peine en haletant laborieusement, et avait filé dans la pièce voisine, dont les messieurs approchaient déjà plus rapidement sous les injonctions du père. Sous les mains expertes de Grete, on y vit alors voler en l'air les couvertures et les oreillers des lits, qui trouvaient leur bonne ordonnance. Avant même que les messieurs eussent atteint la chambre, elle avait fini leur couverture et s'éclipsait. Le père semblait à ce point repris par son entêtement qu'il en oubliait tout le respect qu'il devait malgré tout à ses pensionnaires. Il ne faisait que les presser, les pressait encore, jusqu'au moment où, déjà sur le seuil de la chambre, le monsieur du milieu tapa du pied avec un bruit de tonnerre, stoppant ainsi le père. « Je déclare », dit-il en levant la main et en cherchant des yeux aussi la mère et la sœur « qu'étant donné les conditions révoltantes qui règnent dans cet appartement et cette famille », et en disant cela il cracha résolument sur le sol, « je vous donne mon congé séance tenante. Il va de soi que même pour les jours où j'ai logé ici, je ne vous verserai pas un sou ; en revanche, je n'exclus pas de faire valoir à votre encontre des droits, facilement démontrables — croyez-moi —, à dédommagement. » Il se tut et regarda droit devant lui, comme s'il attendait quelque chose. Effectivement, ses deux amis déclarèrent sans plus tarder : « Nous aussi, nous donnons congé séance tenante. » Là-dessus, il empoigna le bec-de-cane et referma la porte avec fracas.

Le père tituba jusqu'à sa chaise en tâtonnant, et s'y laissa tomber ; on aurait pu croire qu'il prenait ses aises pour l'un de ses habituels petits sommes d'après-dîner, mais le violent hochement de sa tête branlante montrait qu'il ne dormait nullement. Pendant tout ce temps, Gregor s'était tenu coi à l'endroit même où les messieurs l'avaient surpris. La déception de voir son plan échouer, mais peut-être aussi la faiblesse résultant de son jeûne prolongé le rendait incapable de se mouvoir. Il craignait avec une quasi-certitude que d'un instant à l'autre un effondrement général lui retombât dessus, et il attendait. Même le violon ne le fit pas bouger, qui, échappant aux doigts tremblants de la mère, tomba de ses genoux par terre en résonnant très fort.

« Mes chers parents », dit la sœur en abattant sa main sur la table en guise d'entrée en matière, « cela ne peut plus durer. Peut-être ne vous rendez-vous pas à l'évidence ; moi, si. Je ne veux pas, face à ce monstrueux animal, prononcer le nom de mon frère, et je dis donc seulement : nous devons tenter de nous en débarrasser. Nous avons tenté tout ce qui était humainement possible pour prendre soin de lui et le supporter avec patience ; je crois que personne ne peut nous faire le moindre reproche. »

« Elle a mille fois raison », dit le père à part lui. La mère, qui n'arrivait toujours pas à reprendre son souffle, porta la main à sa bouche et, les yeux hagards, fit entendre une toux caverneuse.

La sœur courut vers elle et lui prit le front. Ses paroles semblaient avoir éclairci les idées de son père, il s'était redressé sur sa chaise, jouait avec sa casquette d'uniforme entre les assiettes qui restaient encore sur la table après le dîner des locataires, et regardait de temps à autre vers l'impassible Gregor.

« Nous devons tenter de nous en débarrasser », dit la sœur, cette fois à l'adresse de son père seulement, car sa mère dans sa toux n'entendait rien, « il finira par vous tuer tous les deux, je vois cela venir. Quand on doit déjà travailler aussi dur que nous tous, on ne peut pas en plus supporter chez soi ce supplice perpétuel. Je n'en peux plus, moi non plus. » Et elle se mit à pleurer si fort que ses larmes coulèrent sur le visage de sa mère, où elle les essuyait d'un mouvement machinal de la main.

« Mais, mon petit », dit le père avec compassion et une visible compréhension, « que veux-tu que nous fassions ? »

La sœur se contenta de hausser les épaules pour manifester le désarroi qui s'était emparé d'elle tandis qu'elle pleurait, contrairement à son assurance de tout à l'heure.

« S'il nous comprenait », dit le père, à demi comme une question ; du fond de ses pleurs, la sœur agita violemment la main pour signifier qu'il ne fallait pas y penser.

« S'il nous comprenait », répéta le père en fermant les yeux pour enregistrer la conviction de sa fille que c'était impossible, « alors un accord serait peut-être possible avec lui. Mais dans ces conditions...

— Il faut qu'il disparaisse, s'écria la sœur, c'est le seul moyen, père. Il faut juste essayer de te débarrasser de l'idée que c'est Gregor. Nous l'avons cru tellement longtemps, et c'est bien là qu'est notre véritable malheur. Mais comment est-ce que ça pourrait être Gregor ? Si c'était lui, il aurait depuis longtemps compris qu'à l'évidence des êtres humains ne sauraient vivre en compagnie d'une telle bête, et il serait parti de son plein gré. Dès lors, nous n'aurions pas de frère, mais nous pourrions continuer à vivre et pourrions honorer son souvenir. Mais, là, cette bête nous persécute, chasse les locataires, entend manifestement occuper tout l'appartement et nous faire coucher dans la rue. Mais regarde, papa, cria-t-elle brusquement, le voilà qui recommence ! » Et, avec un effroi tout à fait incompréhensible pour Gregor, elle abandonna même sa mère en se rejetant littéralement loin de sa chaise, comme si elle aimait mieux sacrifier sa mère que de rester à proximité de Gregor, et elle courut se réfugier derrière son père, lequel, uniquement troublé par son comportement à elle, se dressa aussi et tendit à demi les bras devant elle comme pour la protéger.

Mais Gregor ne songeait nullement à faire peur à qui que ce fût, et surtout pas à sa sœur. Il avait simplement entrepris de se retourner pour regagner sa chambre, et il est vrai que cela faisait un drôle d'effet, obligé qu'il était par son état peu brillant, dans les manœuvres délicates, de s'aider de sa tête, qu'il dressait et cognait sur le sol alternativement. Il s'interrompit et regarda alentour. Ses bonnes intentions paraissaient avoir été comprises ; ce n'avait été qu'une frayeur passagère. A présent tout le monde le regardait en silence et d'un air triste. La mère était renversée sur sa chaise, les jambes tendues et jointes, ses yeux se fermaient presque d'épuisement ; le père et la sœur étaient assis côte à côte, la sœur tenait le père par le cou.

« Je vais peut-être enfin avoir le droit de me retourner », songea Gregor en se remettant au travail. Dans son effort, il ne pouvait s'empêcher de souffler bruyamment, et il dut même à plusieurs reprises s'arrêter pour se reposer. Au demeurant, personne ne le pressait, on le laissa faire entièrement à sa guise. Lorsqu'il eut accompli son demi-tour, il entama aussitôt son trajet de retour en ligne droite. Il s'étonna de la grande distance qui le séparait de sa chambre et il ne put concevoir qu'il ait pu, un moment avant, faible comme il l'était, parcourir le même chemin presque sans s'en rendre compte. Uniquement et constamment soucieux de ramper vite, c'est à peine s'il nota que nulle parole, nulle exclamation de sa famille ne venait le troubler. C'est seulement une fois sur le seuil de sa chambre qu'il tourna la tête — pas complètement, car il sentait son cou devenir raide — et put tout de même encore voir que derrière lui rien n'avait changé ; simplement, sa sœur s'était levée. Son dernier regard effleura sa mère, qui maintenant s'était endormie tout à fait.

A peine fut-il à l'intérieur de sa chambre que la porte en fut précipitamment claquée et fermée à double tour. Ce bruit inopiné derrière lui fit une telle peur à Gregor que ses petites pattes cédèrent sous lui. C'était sa sœur qui s'était ainsi précipitée. Elle s'était tenue debout à l'avance et avait attendu, puis elle avait bondi sur la pointe des pieds, Gregor ne l'avait pas du tout entendu venir, et tout en tournant la clé dans la serrure elle lança à ses parents un « Enfin ! »

« Et maintenant ? » se demanda Gregor en regardant autour de lui dans l'obscurité. Il découvrit bientôt qu'à présent il ne pouvait plus bouger du tout. Il n'en fut pas surpris ; c'était bien plutôt d'avoir pu jusque-là se propulser effectivement sur ces petites pattes grêles qui lui paraissait peu naturel. Au demeurant, il éprouvait un relatif bien-être. Il avait certes des douleurs dans tout le corps, mais il avait l'impression qu'elles devenaient peu à peu de plus en plus faibles, et qu'elles finiraient par passer tout à fait. La pomme pourrie dans son dos et la région enflammée tout autour, sous leur couche de poussière molle, ne se sentaient déjà plus guère. Il repensa à sa famille avec attendrissement et amour. L'idée qu'il devait disparaître était encore plus ancrée, si c'était possible, chez lui que chez sa sœur. Il demeura dans cet état de songerie creuse et paisible jusqu'au moment où trois heures du matin sonnèrent au clocher. Il vit encore la clarté qui commençait de se répandre devant la fenêtre, au-dehors. Puis, malgré lui, sa tête retomba tout à fait, et ses narines laissèrent s'échapper faiblement son dernier souffle.

Quand, de bon matin, la femme de ménage arriva — à force d'énergie et de diligence, quoiqu'on l'eût souvent priée de s'en abstenir, elle faisait claquer si fort toutes les portes que, dans tout l'appartement, il n'était plus possible de dormir tranquille dès qu'elle était là —, et qu'elle fit à Gregor sa brève visite habituelle, elle ne lui trouva tout d'abord rien de particulier. Elle pensa que c'était exprès qu'il restait ainsi sans bouger, et qu'il faisait la tête ; elle était convaincue qu'il était fort intelligent. Comme il se trouvait qu'elle tenait à la main le grand balai, elle s'en servit pour essayer de chatouiller Gregor depuis la porte. Comme cela ne donnait rien non plus, elle en fut agacée et lui donna une petite bourrade, et ce n'est que quand elle l'eut poussé et déplacé sans rencontrer de résistance qu'elle commença à tiquer. Ayant bientôt vu de quoi il retournait, elle ouvrit de grands yeux, siffla entre ses dents, mais sans plus tarder alla ouvrir d'un grand coup la porte de la chambre à coucher et cria dans l'obscurité, d'une voix forte : « Venez un peu voir ça, il est crevé ; il est là-bas par terre, tout ce qu'il y a de plus crevé ! »

Le couple Samsa était assis bien droit dans son lit et avait du mal à surmonter la frayeur que lui avait causée la femme de ménage, avant même de saisir la nouvelle annoncée. Ensuite, M. et Mme Samsa, chacun de son côté, sortirent du lit, M. Samsa se jeta la couverture sur les épaules, Mme Samsa apparut en simple chemise de nuit ; c'est dans cette tenue qu'ils entrèrent chez Gregor. Pendant ce temps s'était aussi ouverte la porte de la salle de séjour, où Grete dormait depuis l'installation des sous-locataires ; elle était habillée de pied en cap, comme si elle n'avait pas dormi, la pâleur de son visage semblait le confirmer. « Mort ? » dit Mme Samsa en levant vers la femme de ménage un regard interrogateur, bien qu'elle pût s'en assurer elle-même, et même le voir sans avoir besoin de s'en assurer. « Je pense bien », dit la femme de ménage, et pour bien le montrer elle poussa encore le cadavre de Gregor d'un grand coup de balai sur le côté. Mme Samsa eut un mouvement pour retenir le balai, mais elle n'en fit rien. « Eh bien, dit M. Samsa, nous pouvons maintenant rendre grâces à Dieu. » Il se signa, et les trois femmes suivirent son exemple. Grete, qui ne quittait pas des yeux le cadavre, dit : « Voyez comme il était maigre. Cela faisait d'ailleurs bien longtemps qu'il ne mangeait rien. Les plats repartaient tels qu'ils étaient arrivés. » De fait, le corps de Gregor était complètement plat et sec, on ne s'en rendait bien compte que maintenant, parce qu'il n'était plus rehaussé par les petites pattes et que rien d'autre ne détournait le regard.

« Grete, viens donc un moment dans notre chambre », dit Mme Samsa avec un sourire mélancolique, et Grete, non sans se retourner encore vers le cadavre, suivit ses parents dans la chambre à coucher. La femme de ménage referma la porte et ouvrit en grand la fenêtre. Bien qu'il fût tôt dans la matinée, l'air frais était déjà mêlé d'un peu de tiédeur. C'est qu'on était déjà fin mars.

Les trois sous-locataires sortirent de leur chambre et, d'un air étonné, cherchèrent des yeux leur petit déjeuner ; on les avait oubliés. « Où est le déjeuner ? » demanda d'un ton rogue à la femme de ménage celui des messieurs qui était toujours au milieu. Mais elle mit le doigt sur ses lèvres et, sans dire mot, invita par des signes pressants ces messieurs à pénétrer dans la chambre de Gregor. Ils y allèrent et, les mains dans les poches de leurs vestons quelque peu élimés, firent cercle autour du cadavre de Gregor, dans la pièce maintenant tout à fait claire.

Alors, la porte de la chambre à coucher s'ouvrit et M. Samsa fit son apparition, en tenue, avec sa femme à un bras et sa fille à l'autre. On voyait que tous trois avaient pleuré ; Grete appuyait par instants son visage contre le bras de son père.

« Quittez immédiatement mon appartement », dit M. Samsa en montrant la porte, sans pourtant lâcher les deux femmes. « Qu'est-ce que ça signifie ? » dit le monsieur du milieu, un peu décontenancé, et il eut un sourire doucereux. Les deux autres avaient les mains croisées derrière le dos et ne cessaient de les frotter l'une contre l'autre, comme s'ils se régalaient d'avance d'une grande altercation, mais qui ne pouvait que tourner à leur avantage. « Cela signifie exactement ce que je viens de dire », répondit M. Samsa et, son escorte féminine et lui restant sur un seul rang, il marcha vers le monsieur.

Celui-ci commença par rester là sans rien dire en regardant à terre, comme si dans sa tête les choses se remettaient dans un autre ordre. « Eh bien, donc, nous partons », dit-il ensuite en relevant les yeux vers M. Samsa, comme si, dans un brusque accès d'humilité, il quêtait derechef son approbation même pour cette décision-là. M. Samsa se contenta d'opiner plusieurs fois brièvement de la tête, en ouvrant grands les yeux. Sur quoi, effectivement, le monsieur gagna aussitôt à grands pas l'antichambre ; ses deux amis, qui depuis déjà un petit moment avaient les mains tranquilles et l'oreille aux aguets, sautillèrent carrément sur ses talons, comme craignant que M. Samsa les précédât dans l'antichambre et compromît le contact entre leur chef et eux. Dans l'antichambre, ils prirent tous trois leur chapeau au portemanteau, tirèrent leur canne du porte-parapluies, s'inclinèrent en silence et quittèrent l'appartement. Animé d'une méfiance qui se révéla sans aucun fondement, M. Samsa s'avança sur le palier avec les deux femmes ; penchés sur la rampe, ils regardèrent les trois messieurs descendre, lentement certes, mais sans s'arrêter, le long escalier, et les virent à chaque étage disparaître dans une certaine courbe de la cage pour en resurgir au bout de quelques instants ; plus ils descendaient, plus s'amenuisait l'intérêt que leur portait la famille Samsa ; et quand ils croisèrent un garçon boucher qui, portant fièrement son panier sur la tête, s'éleva rapidement bien au-dessus d'eux, M. Samsa ne tarda pas à s'écarter de la rampe avec les deux femmes, et ils rentrèrent tous dans leur appartement avec une sorte de soulagement.

Ils décidèrent de consacrer la journée au repos et à la promenade ; non seulement ils avaient mérité ce petit congé, mais ils en avaient même absolument besoin. Ils se mirent donc à la table et écrivirent trois lettres d'excuses, M. Samsa à sa direction, Mme Samsa à son bailleur d'ouvrage, et Grete à son chef du personnel. Pendant qu'ils écrivaient, la femme de ménage entra pour dire qu'elle s'en allait, car son travail de la matinée était achevée. Tous les trois se contentèrent d'abord d'opiner de la tête sans lever les yeux de leurs lettres, mais comme la femme ne faisait toujours pas mine de se retirer, alors on se redressa d'un air agacé. « Eh bien ? » demanda M. Samsa. La femme de ménage était plantée sur le seuil et souriait comme si elle avait un grand bonheur à annoncer à la famille, mais qu'elle ne le ferait que si on la questionnait à fond. La petite plume d'autruche qui était plantée tout droit sur son chapeau et qui agaçait M. Samsa depuis qu'elle était à leur service, oscillait doucement dans tous les sens. « Mais qu'est-ce que vous voulez donc ? » demanda Mme Samsa, qui était encore celle pour qui la femme avait le plus de respect. « Ben... » répondit-elle, gênée pour parler tant elle affichait un grand sourire « pour ce qui est de vous débarrasser de la chose d'à côté, ne vous faites pas de souci. C'est déjà réglé. » Mme Samsa et Grete se penchèrent sur leurs lettres comme si elles voulaient les continuer ; M. Samsa, voyant que la femme de ménage voulait maintenant se mettre à tout décrire par le menu, tendit la main pour couper court de la façon la plus ferme. Puisqu'elle n'avait pas le droit de raconter, elle se rappela combien elle était pressée, lança sur un ton manifestement vexé « bonjour, tout le monde », fit un demi-tour furieux et quitta l'appartement dans d'épouvantables claquements de portes.

« Ce soir, je la mets à la porte », dit M. Samsa, mais sans obtenir de réponse ni de sa femme ni de sa fille, car la femme de ménage parut avoir à nouveau troublé la sérénité qu'elles avaient à peine recouvrée. Elles se levèrent, allèrent à la fenêtre, et y restèrent en se tenant enlacées. M. Samsa pivota sur sa chaise pour les suivre des yeux et les observa un petit moment en silence. Puis il lança : « Allons, venez un peu là. Finissez-en donc avec les vieilles histoires. Et puis occupez-vous aussi un peu de moi. » Les deux femmes s'exécutèrent aussitôt, coururent vers lui, lui firent des caresses et terminèrent rapidement leurs lettres.

Puis tous trois quittèrent de concert l'appartement, ce qui ne leur était plus arrivé depuis déjà des mois, et prirent le tramway pour aller prendre l'air à l'extérieur de la ville. Le wagon, où ils étaient seuls, était tout inondé par le chaud soleil. Confortablement carrés sur leurs banquettes, ils évoquèrent les perspectives d'avenir et, à y regarder de plus près, il apparut qu'elles n'étaient pas tellement mauvaises, car les places qu'ils occupaient respectivement, et sur lesquelles ils ne s'étaient jamais en fait mutuellement demandé beaucoup de détails, étaient d'excellentes places et, en particulier, fort prometteuses. La principale amélioration immédiate de leur situation résulterait, d'une façon nécessaire et toute naturelle, d'un changement d'appartement ; ils allaient en louer un plus petit et meilleur marché, mais mieux situé et généralement plus pratique que l'actuel, qui était encore un choix fait par Gregor. Tandis qu'ils devisaient ainsi, M. et Mme Samsa, à la vue de leur fille qui s'animait de plus en plus, songèrent presque simultanément que, ces derniers temps, en dépit des corvées et des tourments qui avaient fait pâlir ses joues, elle s'était épanouie et était devenue un beau brin de fille. Ils furent dès lors plus silencieux et, échangeant presque involontairement des regards entendus, songèrent qu'il allait être temps de lui chercher aussi quelque brave garçon pour mari. Et ce fut pour eux comme la confirmation de ces rêves nouveaux et de ces bonnes intentions, lorsqu'en arrivant à destination ils virent leur fille se lever la première et étirer son jeune corps.

DESCRIPTION D'UN COMBAT

Préface du traducteur

C'est très probablement en 1903 que commence la rédaction du premier en date des textes de Kafka aujourd'hui connus. Agé de vingt et un ans, l'étudiant en droit fréquente bien Max Brod et les hommes de lettres praguois qui sont ses amis, mais il n'a lui-même encore rien publié, ni montré, ni même avoué en matière de production littéraire. Cela ne signifie pas qu'il n'ait rien écrit : on sait qu'en 1903, précisément, Kafka détruit des manuscrits.

Ce premier texte connu semble avoir occupé son auteur jusqu'en 1911 au moins, et l'histoire de sa rédaction est marquée par des reprises et des reniements, des publications partielles et des remaniements, dont tous les détails ne peuvent se dater précisément. Lorsqu'en 1935 Max Brod retrouve au fond de sa bibliothèque le manuscrit de cette *Description d'un combat* (qu'il avait rendu à son auteur en échange de celui du *Procès*, mais dont il ne se souvenait plus que Kafka le lui avait redonné plus tard), il ne se rappelle pas exactement quand il en avait eu la primeur. Bien qu'il la présente comme « le seul grand ouvrage achevé » parmi les récits posthumes de son ami, il en publie une version mixte de son cru, qui ne tient pas compte des étapes de sa genèse.

Celle-ci comporte deux grandes périodes distinctes. Jusqu'en 1909 environ, Kafka travaille — par intermittence — à une première version de la *Description*, dont il consent à publier dans des revues quatre fragments, dont deux de plusieurs pages (1). Bien qu'il eût ainsi donné son *imprimatur* à quatre extraits de la *Description d'un combat*, Kafka remet celle-ci sur le métier et en entreprend une seconde rédaction qui, sans ambiguïté, élimine ces quatre passages! En effet, cette version B suit de très près la version A jusqu'à la fin de sa partie II,2 (ci-dessous, p. 139), mais s'engage ensuite sur une voie complètement différente, dans sa structure et dans son contenu. Deux extraits de cette seconde version auront droit aussi à une prépublication partielle (dans le premier recueil de Kafka, *Considération*, en 1913), mais elle restera inachevée et inédite comme la première et même davantage, si l'on peut dire : elle est plus courte d'un tiers environ et, quoique sa structure soit beaucoup plus simple et linéaire, elle s'interrompt de façon encore

---

(1) Il s'agit d'abord, dans la revue *Hyperion*, en janvier-février 1908, du bref passage ultérieurement intitulé « Les arbres » qui se trouve ci-dessous p. 166 (« Nous sommes en effet comme les troncs d'arbres... » jusqu'à : « ... même cela n'est qu'une apparence. »), et de celui qui portera plus tard le titre « Robes » et qui se trouve ci-dessous p. 170 (« Souvent, lorsque je vois des robes... », jusqu'à : « ... qui n'est plus guère mettable. »); puis, dans la même revue, en mars-avril 1909, de ce qui correspond ci-dessous à la section II, 3,b (p. 144-153), le début de la « conversation avec l'homme en prière », et de ce qui correspond à la fin de la section II, 3,c, la « conversation avec l'homme ivre », à partir de « Mais quand j'eus franchi à petits pas... » (p. 159) jusqu'à : « Alors je lui offris mon bras pour qu'il le prenne (p. 163). »

plus abrupte. Entre ces deux textes pareillement abandonnés par leur auteur, trop distants dans le temps et trop différents pour être arbitrairement réunis ou combinés en un seul, mais partiellement trop semblables pour être ici juxtaposés, il fallait donc choisir, et c'est assurément le premier qui est le plus intéressant, parce qu'il est le plus ancien, le plus complexe et le plus étrange. C'est donc la première version, celle du manuscrit A, que nous traduisons ci-dessous.

Quelle est, dans cette première version, la structure de *Description d'un combat* ? Contrairement à ce qu'affirment les quelques commentaires, plutôt rapides et condescendants, que les spécialistes de Kafka lui ont consacrés, c'est loin d'être la juxtaposition arbitraire de textes hétéroclites mal cousus ensemble. Avec certaines imperfections de détail qui tiennent à l'inachèvement, cette véritable « nouvelle » (comme la désigne Kafka dans une lettre à Max Brod du 18 mars 1910) n'est pas d'une structure confuse et floue, mais complexe, et même précise et savante. Deux principes y sont à l'œuvre, que Kafka emprunte tous deux aux traditions narratives européennes, mais que d'une part il pousse à l'extrême et d'autre part il combine de manière paradoxale et presque acrobatique : l'enchâssement et le jeu de miroirs.

Description d'un combat renoue d'abord avec la meilleure tradition de la nouvelle : cycles de nouvelles de la Renaissance, et nouvelles du XIXe siècle qu'on appelle en allemand nouvelles « à cadre », mais qu'on trouve dans toute l'Europe, et où un personnage devient le narrateur d'un second récit, enchâssé dans le premier. Ainsi, le narrateur de la *Description* quitte une soirée en compagnie d'un autre invité jusque-là inconnu, erre d'abord avec lui dans Prague (partie I, p. 115-130), puis s'en sert comme d'une monture pour entreprendre une promenade sur le mont Saint-Laurent, aujourd'hui Petřin, où il abandonne ce compagnon blessé aux vautours (à la fin de II, 1, p. 132), pour ne le retrouver que beaucoup plus tard, dans les dernières pages (p. 168); après une nuit passée dans un arbre à proximité de quelque blessé non autrement identifié, le narrateur poursuit au matin sa très onirique « promenade » (II,2), au cours de laquelle il rencontre le personnage du « gros », qui, après un « discours au paysage » (II,3,a), entame un récit dans le récit (II,3,b-c-d : p. 144-167) : celui de sa rencontre et de sa conversation avec « l'homme en prière ». Mais à l'intérieur de ce récit au deuxième degré vient s'enchâsser (p. 153-163 : II,3,c) un récit au troisième degré qu'a fait à son tour au « gros » l'homme en prière. Et ce récit lui-même se conclut également, après avoir encore relaté une rencontre et une conversation (avec « l'homme ivre », p. 160-163), par ce qui pourrait être un récit de ce dernier personnage, récit au quatrième degré par conséquent, si l'ivresse ne le réduisait presque à des borborygmes dérisoires. Les guillemets se referment ensuite en cascade : après l'échec du récit de l'homme ivre, celui de l'homme en prière se termine aussitôt assez abruptement (p. 163) et c'est sa conversation avec le gros qui reprend, donc le récit de ce dernier (II,3,d). Dès que ce récit à son tour s'achève, de manière également abrupte, celui qui le tenait disparaît aussitôt : la « fin du gros » intervient dès les premières lignes de la partie (II,4) qui porte ce titre, et c'est dès lors le premier narrateur qui parle à nouveau, de la p. 167 à la fin. Il retrouve même (p. 168) son interlocuteur du début, et c'est entre eux que se passe la dernière partie (III). La nouvelle est donc bâtie comme une poupée russe, par emboîtements concentriques (mais non symétriques, dans la mesure où ce n'est pas au milieu, mais aux trois quarts du texte que se trouve le récit rapporté le plus indirectement). Kafka s'amuse à porter en quelque sorte au cube ou même à la puissance quatre le procédé nouvellistique classique de l'enchâssement. Le lecteur manque de s'y perdre, surtout lorsqu'à la fin il redescend rapidement ces degrés successifs.

Ce risque de confusion tient aussi pour une bonne part à l'autre principe qui préside, en même temps que l'enchâssement, à l'organisation du texte : le jeu de miroirs. Non qu'on puisse dire que les narrateurs successifs se ressemblent tous physiquement : le « gros », véritable monstre adipeux, ne saurait ressembler à personne — encore qu'au cours de son récit il ne soit plus du tout question de sa monstruosité... Mais à vrai dire, à part lui lors de sa première apparition, les personnages ont en commun de n'avoir pas d'apparence bien fixée : chacun est tour à tour grand et petit, beau ou laid. Au moral également, ils se ressemblent dans leur façon d'être tour à tour allègres et abattus, arrogants et dociles, menaçants et apeurés. Ils se reflètent les uns les autres par la manière dont nul, d'un moment à l'autre, ne ressemble à soi-même, et dont en revanche les couples successifs qu'ils forment se trouvent toujours livrer de semblables duels, toujours poursuivre en somme le même « combat ». Pour rendre plus déroutant encore ce jeu de miroirs (miroirs qu'il faudrait dire déformants, et même en perpétuelle déformation), Kafka parsème son récit d'analogies qui résonnent comme des harmoniques entre les différents registres narratifs. Ainsi, par exemple, l'homme en prière tient une sorte de discours au paysage urbain (p. 159) qui n'est pas sans rappeler le « discours au paysage » (II,3,a) du « gros », mais aussi les propos et les sensations du premier narrateur errant dans Prague, quittant déjà dans de semblables dispositions une semblable soirée. De pareilles répétitions assorties de légères variations rythment (irrégulièrement) tout le texte. De manière plus troublante encore, elles sont souvent l'occasion de substitutions, voire de permutations entre les personnages affrontés. C'est ainsi que les deux antagonistes du début paraissent échanger leurs tailles et inverser leur rapport de forces, tandis qu'à la fin de la nouvelle celui qui était fiancé doute et désespère, et que le solitaire du début se dit fiancé, etc.

L'agencement complexe des enchâssements et des reflets suggère et impose l'impression que ces personnages interchangeables n'en sont peut-être qu'un seul, perpétuellement dédoublé pour mieux lutter contre lui-même. Le titre de la nouvelle n'évoque-t-il pas « un » seul combat, dont les affrontements successivement racontés ne sont que diverses facettes ?

Cette structure rigoureuse, doublement rigoureuse et rigoureusement commandée par l'idée même de dédoublement, Kafka l'estompe légèrement en donnant à son récit une allure délibérément capricieuse et fantasque. Mais cet arbitraire provocant, qui fait tout le charme de ce texte, qui lui confère cette extraordinaire drôlerie mélancolique, n'est pas un quelconque habillage littéraire, puisé dans les magasins à la mode du post-symbolisme et du néo-romantisme. Cette affectation de gratuité n'est ni une concession à la mode ni un simple exercice de virtuosité : c'est une manière pour Kafka de poser le problème qui est précisément le sujet même de ce texte et l'objet du combat que son auteur mène en fait contre lui-même pour tenter de se trouver... fût-ce en abandonnant le combat, comme il le fit pour finir en reniant et délaissant ce texte. Ce problème n'est autre que celui de l'écriture même ou, comme on disait au tournant du siècle : le problème de l'art et de la vie.

En effet, à l'intérieur des structures que nous venons d'évoquer, quel est le contenu intellectuel de *Description d'un combat* ? Il se présente, dans les discours des narrateurs successifs, comme un enchaînement de thèmes musicaux récurrents et peu nombreux. Certains semblent concerner la vie seule et correspondre aux préoccupations qui agitaient Kafka en la matière : solitude, rapports avec les femmes, célibat, fiançailles. Encore faut-il se rappeler qu'alors et toute sa vie durant Kafka ne les dissociera jamais de sa condition d'écrivain, comme en témoigne abondamment et très explicitement sa correspondance. Les autres, très liés entre eux, disent tour à tour la facticité des êtres et des choses, les pouvoirs du langage sur la réalité, et l'irréalité foncière de cette réalité.

Ainsi, dès la première promenade nocturne dans Prague, le narrateur initial voit comme des pantins aux gestes incohérents son compagnon et lui-même, et il imagine quelle description celui-là fera de lui le lendemain : « ... un piquet qui se balancerait et sur lequel on aurait un peu maladroitement flanqué un crâne à la peau jaune et au poil noir. Son corps est tapissé d'une multitude de bouts d'étoffe, assez petits, bigarrés et dans les jaunes, qui cette nuit le recouvraient tout entier, car en l'absence de vent ils adhéraient complètement » (p. 122). Même inconsistance, même facticité chez l'homme en prière, à qui l'on dit (p. 154-155) : « La vérité, voyez-vous, est trop fatigante pour vous, Monsieur, car de quoi avez-vous donc l'air ? Vous êtes, sur toute votre longueur, taillé dans du papier de soie, du papier de soie jaune, comme une silhouette découpée, et lorsque vous marchez, on entend nécessairement un bruit de papier froissé. C'est d'ailleurs pourquoi il est injuste de s'emporter contre vos attitudes ou vos opinions, car vous êtes obligé à chaque instant de vous plier au courant d'air qui règne dans la pièce. » Et l'intéressé de souscrire avec enthousiasme à ce portrait dérisoire, qu'il juge même porteur d'une vérité virtuellement universelle : « ... un jour tous les êtres humains qui voudront vivre auront le même aspect que moi ; taillés dans du papier de soie jaune, comme des silhouettes découpées — ainsi que vous l'avez remarqué —, et quand ils marcheront, ils feront un bruit de papier froissé. Ils ne seront pas autrement que maintenant, mais ils auront cet aspect » (p. 156).

Inconsistance et incohérence marquent la perception qu'on a de soi, des autres, et de toute chose. « S'il y a là une cohérence, je ne la saisis pas. Mais je ne suis même pas sûr qu'il y en ait une », dit encore l'homme en prière (p. 155). Le narrateur de la première promenade disposait souverainement d'une réalité docilement soumise à son verbe : « ... comme le piéton que j'étais redoutait les fatigues de cette route escarpée, j'aplanis le chemin... Comme j'adore les forêts de pins, je traversais des forêts de pins et, comme j'aime regarder en silence le ciel plein d'étoiles, celles-ci se mirent à éclore... je fis se dresser une haute montagne... » (p. 132). Mais déjà avec le personnage du « gros », la domination sur la nature, superbement affichée, tourne mal : ses incantations au paysage sont fielleuses, et la nature « se venge » d'avoir subi les somptueux prestiges d'un art factice et arbitraire : « car combien de fois n'avons-nous pas attaqué ces choses, mon ami l'homme en prière et moi-même, au chant de notre lame, à la lueur éclatante des cymbales, dans la vaste splendeur des trompettes et l'éclat bondissant des timbales » (p. 144).

Cette véritable définition parodique de l'art « fin-de-siècle » est explicitée dans le long récit qui y fait suite (et qui se conclut par l'engloutissement du « gros ») et dans le récit de l'homme en prière qui y est inclus. L'irréalité y est montrée et dénoncée sous ses espèces les plus diverses : depuis Paris, qui n'est qu'un décor en trompe-l'œil (p. 161) jusqu'à ce monde où sans cesse tout s'effondre sans que personne apparemment n'y prenne garde (« Je suis le seul à avoir peur », p. 152). Mais il est dit aussi pourquoi tout est ainsi factice, inconsistant et précaire : le sentiment de l'inexistence — de soi et du monde —, ce « mal de mer sur la terre ferme » (p. 148), est une maladie analogue à celle que venait de décrire Hofmannsthal dans la *Lettre de Lord Chandos* (1901-1902), c'est une maladie du langage.

A force de manier celui-ci de la façon souverainement arbitraire qui était montrée lors de la première promenade, la réalité échappe et se désagrège. C'est ce que dit le « gros », de manière aussi claire que caricaturale : « ... c'est dans la nature de ce mal que vous oubliiez le véritable nom des choses et déversiez à présent sur elles, précipitamment, des noms pris au hasard. A toute allure, surtout ! Mais à peine vous êtes-vous enfui loin d'elles, qu'à nouveau vous avez oublié leurs noms. Le peuplier dans les champs, que vous avez appelé " tour de Babel " parce que vous ne saviez pas ou ne vouliez pas savoir que c'est un peuplier, se balance à nouveau sans avoir de nom, et vous êtes contraint de l'appeler

" Noé, tandis qu'il était ivre " » (p. 149). Et c'est ce que dit plus tard son interlocuteur-miroir, s'adressant à son tour au décor praguois : « Qu'est-ce que cette manière de faire comme si vous existiez réellement ? Voulez-vous me faire croire que je suis irréel ? Mais cela fait pourtant bien longtemps déjà que tu n'es plus réel, ciel ; et toi, Grand-Place, tu n'as jamais été réelle... Dieu merci, lune, tu n'es plus lune, mais peut-être est-il désinvolte de ma part de continuer à t'appeler lune, quand tu n'en as plus que le nom. Pourquoi n'es-tu plus aussi arrogante, quand je t'appelle " lampion de papier oublié à la couleur bizarre " ? Et pourquoi te retires-tu presque dès que je t'appelle " colonne de la Vierge ", et je ne distingue plus ton attitude menaçante, colonne de la Vierge, quand je t'appelle " lune qui jette une lumière jaune " ? » (p. 160).

Le langage dont naguère on exaltait les prestigieux pouvoirs aux dépens du réel n'a plus prise sur lui qu'en le rendant inconsistant — et en le devenant lui-même. Sa superbe autonomie, chère à l'esthétisme d'alors, apparaît vaine ou néfaste. Mallarmé écrivait que « tout, au monde, existe pour aboutir à un livre » et voyait dans le pliage du papier « un indice, quasi religieux ». Pour Kafka, le livre n'est plus « instrument spirituel ». Il ne voit au contraire, dans le monde lui-même, que « papier froissé » : image d'une gratuité esthétisante avec laquelle il règle ici ses comptes.

Le contenu de *Description d'un combat* se réduirait-il exclusivement à un tel combat contre l'esthétique environnante, à une critique de l'esthétisme, doublée d'une autocritique à laquelle Kafka soumettrait ses goûts de lecteur et peut-être ses premiers manuscrits détruits ? Cette critique est bien essentielle au sens du texte, mais déjà y inscrit l'ébauche d'une autre voie. Dans ce qui est sans doute le plus beau passage de la nouvelle, l'homme en prière dit :

« Il n'y a jamais eu d'époque où je fusse convaincu par moi-même de mon existence. De fait, je ne saisis les choses qui m'entourent que par des représentations à ce point délabrées que j'ai toujours le sentiment que les choses ont vécu à un certain moment, mais qu'à présent elles sont en train de sombrer. J'éprouve sans cesse, Monsieur, l'envie torturante de voir les choses telles qu'elles doivent se présenter avant qu'elles ne se montrent à moi. Elles sont sûrement alors belles et calmes. Ce doit être ainsi, car souvent j'entends les gens en parler en ces termes. » (p. 150).

Et de poursuivre, comme son interlocuteur se sent visiblement mal, en lui rapportant à titre d'exemple une anecdote infime, où deux femmes échangent quelques mots dans un jardin (p. 150). L'autre trouve cette histoire singulière, obscure, invraisemblable : cette simplicité perdue lui est tout à fait étrangère. Elle sera évoquée de nouveau, toutefois, à la fin de l'entretien : « Mais pourriez-vous tout de même me raconter encore une fois l'histoire de la femme dans le jardin. Qu'elle est admirable, qu'elle est intelligente, cette femme ! Il nous faut nous conduire à son exemple. » (p. 166). Cette anecdote minimale (dont on sait par une lettre à Max Brod du 28 août 1904 que c'est un souvenir d'enfance de Kafka) est donc érigée en modèle d'une esthétique nouvelle, exactement contraire à toute celle qui prévaut dans la nouvelle et s'y trouve critiquée — par quelqu'un qui souffre d'en être encore tributaire et qui se bat contre elle.

Mais ce premier texte de Kafka, proprement extraordinaire (il est le seul à comporter des vers, le seul qui évoque aussi précisément Prague, le seul où la nature soit autant dépeinte), ce texte à la structure si complexe et au contenu esthétique si décisif, ce texte qui est en même temps une véritable galerie d'autoportraits, montre déjà une acuité du regard et de l'écriture — en particulier dans le dessin des personnages et de leurs gestes — qui donnera bientôt une force étonnante à la simplicité ici retrouvée.

B. L.

DESCRIPTION D'UN COMBAT

Et s'en vont promenant les gens en beaux habits,
s'en vont sur le gravier, d'un pas mal assuré,
dessous le vaste ciel qu'on voit se déployer
depuis des montagnes au loin
jusqu'à de lointaines montagnes.

I

Vers minuit, déjà quelques personnes se levaient, s'inclinaient, se serraient la main, disaient que ç'avait été très agréable, puis franchissaient le vaste chambranle de la porte donnant sur le vestibule, afin d'y prendre leurs manteaux. La maîtresse de maison se tenait au milieu du salon, s'inclinait avec vivacité, et les plis de sa robe avaient des mouvements très élégants.

J'étais assis à une petite table — elle avait trois pieds grêles et crispés — et j'étais en train de siroter mon troisième petit verre de Bénédictine, non sans couver du regard une petite provision de petits fours que j'avais pris soin de choisir et d'empiler, car ils étaient délicieux.

C'est alors que l'homme dont j'avais fait la connaissance vint me rejoindre et, gratifiant mes occupations d'un sourire un peu distrait, me dit d'une voix frémissante :

« Excusez-moi de venir vous retrouver. Mais j'étais seul avec ma petite amie dans une pièce voisine. Depuis dix heures et demie, ça ne fait pas tellement longtemps. Excusez-moi de vous dire cela. Nous ne nous connaissons pas, n'est-ce pas, nous nous sommes rencontrés dans l'escalier et avons échangé quelques paroles de courtoisie, et me voilà déjà en train de vous parler de ma petite amie ; mais il faut — je vous en prie — que vous me pardonniez : je ne me tiens pas de bonheur, je n'ai pas pu tenir ma langue. Et comme je ne connais ici personne d'autre à qui je puisse me confier... »

Ainsi parlait-il. Et moi de le regarder tristement — car la tartelette que j'avais dans la bouche n'était pas bonne — et de lui lancer à la figure, qu'il avait joliment rouge :

« Je me félicite de vous sembler digne de confiance, mais je déplore que vous m'ayez raconté cela. Et vous-même, si vous n'étiez aussi troublé, vous sentiriez comme il est inconvenant de venir parler à un buveur solitaire d'une jeune personne amoureuse. »

A ces mots, l'homme s'assit brusquement, se rejeta en arrière et laissa tomber les bras. Puis, repliant les coudes à angle aigu, il se mit à parler comme pour lui-même d'une voix assez forte :

« Nous étions tout seuls dans cette pièce... assis... moi et Annette, et je l'embrassais... l'embrassais... elle... moi... sur la bouche, sur l'oreille, sur les épaules. »

Quelques messieurs debout près de là crurent que s'engageait une discussion animée et s'approchèrent en bâillant. C'est pourquoi je me levai et dis bien fort :

« Bon, si vous voulez, je viens ; mais c'est de la folie d'aller maintenant sur le mont Saint-Laurent, car le temps est encore froid et, comme il est tombé un peu de neige, on marche sur de vraies patinoires. Mais si vous voulez, je vous accompagne. »

Il commença par me regarder avec stupéfaction, ouvrant sa bouche aux grosses lèvres rouges et humides. Mais ensuite, voyant les messieurs déjà tout proches, il rit, se leva et dit :

« Ah si, l'air froid nous fera du bien ; nos vêtements sont pleins de chaleur et de fumée, et puis je suis peut-être un peu ivre, sans avoir beaucoup bu ; oui, nous allons prendre congé et puis partir. »

Nous allâmes donc saluer la maîtresse de maison et, tandis qu'il lui baisait la main, elle dit :

« Vraiment, je suis contente de vous voir aujourd'hui cet air de bonheur, vous avez d'habitude le visage si grave et si morose. »

La gentillesse de ces paroles le toucha et il lui baisa de nouveau la main ; alors elle sourit.

Dans le vestibule se tenait une soubrette, nous la voyions pour la première fois. Elle nous aida à passer nos pardessus, puis elle prit une lampe de poche pour venir nous éclairer dans l'escalier. Oui, la fille était belle. Son cou était nu, juste entouré sous le menton d'un ruban de velours noir, et son corps aux vêtements souples et légers se ployait joliment, tandis qu'elle descendait devant nous en tenant la lampe vers le bas. Elle avait les pommettes rouges, car elle avait bu du vin, et ses lèvres étaient entrouvertes.

En bas de l'escalier, elle posa la lampe sur une marche et, titubant légèrement, fit un pas vers mon ami, l'enlaça, l'embrassa et resta serrée contre lui. Ce n'est que quand je lui eus glissé dans la main une pièce de monnaie qu'elle desserra mollement son étreinte, ouvrit lentement la porte de l'immeuble et nous lâcha dans la nuit.

Au-dessus de la rue vide et uniformément éclairée, il y avait dans le ciel un peu nuageux une grosse lune qui le faisait plus vaste encore. Le sol était couvert d'une fine couche de neige. Le pied glissait dès qu'on avançait, et il fallait faire de petits pas.

A peine étions-nous à l'air libre que je fus manifestement gagné d'une grande allégresse. Je levais la jambe avec exubérance et faisais joyeusement craquer mes articulations, je criais un nom dans la rue, comme si je venais de voir un ami disparaître au croisement, je lançais mon chapeau en l'air en bondissant et le rattrapais en faisant le malin.

Mon compagnon, lui, marchait à côté de moi comme si de rien n'était. Il tenait la tête basse. Et il ne parlait pas.

Cela me surprit, car je m'étais attendu à ce que sa joie éclatât de façon extravagante, une fois qu'il ne serait plus au milieu des gens. Je me calmai. Venant de lui donner une tape dans le dos pour l'encourager, je fus pris de honte et retirai ma main avec embarras. Comme elle ne me servait plus à rien, je la fourrai dans la poche de mon pardessus.

Nous marchâmes donc en silence. Je m'avisai de la manière dont résonnaient nos pas, ne comprenant pas qu'il me fût impossible de régler les miens sur ceux de mon compagnon. Cela m'agaça quelque peu. La lune était très claire, on y voyait fort bien. Çà et là, accoté dans l'embrasure d'une fenêtre, il y avait quelqu'un qui nous regardait.

Comme nous nous engagions dans la rue Ferdinand, je remarquai que mon compagnon se mettait à fredonner un air ; tout doucement, mais je l'entendais. Je trouvai que c'était offensant pour moi. Pourquoi ne me parlait-il pas ? Et s'il n'avait pas besoin de moi, pourquoi ne pas m'avoir laissé tranquille ? Je songeai avec irritation à toutes ces bonnes choses qu'à cause de lui j'avais laissées sur ma petite table. Je me rappelai aussi la Bénédictine, et cela me donna un peu plus de gaieté et presque d'arrogance, pourrait-on dire. Je mis les mains sur les hanches et je me figurai que je me promenais tout à ma guise. J'avais été à une soirée, j'avais épargné à un jeune ingrat de se couvrir de honte, et à présent je me promenais au clair de lune. Le jour au bureau, le soir dans le monde, la nuit dans les rues, le tout sans excès. Un style de vie à la fois naturel et sans entraves !

Pourtant si, mon compagnon marchait toujours derrière moi ; il pressa même l'allure quand il s'aperçut qu'il était distancé, et il fit comme si la chose était toute naturelle. Je me demandai s'il ne conviendrait pas, peut-être, de tourner dans une rue latérale, puisque enfin rien ne m'obligeait à me promener avec lui. Je pouvais rentrer seul et personne n'avait le droit de m'en empêcher. Une fois dans ma chambre, j'allumerais la lampe à armature de fer qui est posée sur ma table et je m'assiérais dans mon fauteuil, qui est disposé sur le tapis d'Orient déchiré... J'en étais là quand je fus pris de cette faiblesse qui m'envahit toujours dès que je suis contraint de songer à regagner mon logement et à passer une fois de plus des heures seul entre les papiers peints des murs, et sur ce plancher qui, dans la glace au cadre doré qui est suspendue en oblique au fond de la pièce, semble tomber en pente. Je me sentis les jambes lasses, et déjà j'étais résolu de toute manière à rentrer et à me mettre au lit quand je fus pris d'un doute : fallait-il maintenant qu'en partant je salue mon compagnon, ou non ? Mais j'étais trop craintif pour partir sans le saluer et trop faible pour le faire en élevant la voix ; aussi m'arrêtai-je et, m'appuyant contre une façade éclairée par la lune, j'attendis.

Mon compagnon s'approcha d'un pas allègre, avec sans doute aussi un rien d'inquiétude. Il se livra à de grandes manifestations, se mit à cligner des paupières, étendit les bras à l'horizontale dans l'air, haussa énergiquement vers moi sa tête coiffée d'un chapeau melon noir, et sembla vouloir me signifier par tout cela qu'il entendait fort bien la petite comédie que je jouais là pour l'amuser. J'étais désemparé et je dis à voix basse :

« C'est une soirée gaie. »

Et j'eus un rire raté. Il répondit :

« Oui, et vous avez vu comment la soubrette, elle aussi, m'a embrassé ? »

Je n'étais pas en état de parler, car ma gorge était pleine de larmes, et je tentai donc d'imiter un cor de poste, pour ne pas rester silencieux. Il commença par se tenir les oreilles, puis il me secoua la main droite en signe de reconnaissance aimable. Je devais avoir la main froide, car il la lâcha aussitôt et dit :

« Votre main est glacée, les lèvres de la soubrette étaient plus chaudes, oh oui. »

De la tête, j'acquiesçai. Mais, en priant le bon Dieu de me donner de la fermeté, je dis :

« Oui, vous avez raison, nous allons rentrer, il est tard et demain matin je vais au bureau ; songez qu'on peut certes y dormir, mais ce n'est pas l'idéal. Vous avez raison, nous allons rentrer. »

Et je lui tendis la main, comme si la cause était

définitivement entendue. Mais il enchaîna en souriant :

« Oui, vous avez raison, on n'a pas le droit de gâcher une telle nuit à dormir dans un lit. Songez donc à toutes ces pensées heureuses qu'on étouffe sous les couvertures, quand on dort seul dans son lit, et à tous les rêves funestes qu'on y réchauffe ainsi. »

Et tout content de cette trouvaille, il me saisit vigoureusement par le devant de mon pardessus (il n'arrivait pas plus haut) et me secoua avec enjouement ; puis il plissa les yeux et me dit sur le ton de la confidence :

« Savez-vous ce que vous êtes ? Vous êtes drôle. »

Il se remit alors en marche, et je le suivis sans y prendre garde, car j'étais tout occupé par ce qu'il venait de dire là.

Cela me faisait tout d'abord plaisir, car cela semblait montrer qu'il devinait en moi quelque chose qui certes n'y était pas, mais qui me valait son estime parce qu'il l'y devinait. C'est le genre de situation qui me rend heureux. Je fus content de n'être pas rentré et mon compagnon acquit pour moi beaucoup de prix : quelqu'un qui me donne de la valeur aux yeux des hommes sans que j'aie besoin de commencer par l'acquérir ! Je posai sur mon compagnon un regard plein d'affection. Je m'imaginais le protégeant contre des dangers, en particulier contre des rivaux et des jaloux. Sa vie me devenait plus chère que la mienne. Je trouvais beau son visage, j'étais fier de ses succès auprès du beau sexe et je prenais ma part des baisers qu'il avait reçus ce soir-là de deux jeunes femmes. Oh, que cette soirée était gaie ! Demain, mon compagnon parlera avec Mlle Anna ; de banalités, tout d'abord, comme il est naturel, puis il dira soudain :

« La nuit dernière, j'étais avec une personne telle, ma chère Annette, que tu n'en as sûrement jamais vu. Il a l'air — comment le décrire — d'un piquet qui se balancerait et sur lequel on aurait un peu maladroitement flanqué un crâne à la peau jaune et au poil noir. Son corps est tapissé d'une multitude de bouts d'étoffe, assez petits, bigarrés et dans les jaunes, qui cette nuit le recouvraient entièrement, car en l'absence de vent ils adhéraient complètement. Il marchait timidement à mes côtés. Ah, ma chère Annette, toi qui embrasses si bien, je sais que tu aurais un peu ri et que tu aurais eu un peu peur, mais moi, dont l'âme est toute emportée par mon amour qui vole vers toi, je prenais plaisir à sa présence. Peut-être qu'il est malheureux et que c'est la raison de son silence, mais pourtant, près de lui, on est dans une inquiétude heureuse qui n'en finit pas. Hier, je ployais véritablement sous le bonheur qui m'était échu, mais pour un peu tu me serais sortie de l'esprit. J'avais le sentiment, à chaque respiration de sa poitrine plate, de voir se bomber en même temps la voûte dure du ciel étoilé. L'horizon craquait et, sous des nuages enflammés, des paysages prenaient une infinie profondeur, comme celle qui nous comble de bonheur... Mon ciel, comme je t'aime, Annette, et ton baiser m'est plus cher qu'un paysage. Ne parlons plus de lui et aimons-nous. »

Quand ensuite nous nous avançâmes à pas lents sur le quai, j'enviai bien ces baisers à mon compagnon, mais je ressentis aussi avec gaieté la secrète honte qu'il ne pouvait pas ne pas éprouver à mon égard, étant donné le jour sous lequel je lui apparaissais.

Voilà ce que je pensais. Mais mes pensées devinrent alors confuses, car la Moldau et les quartiers de l'autre rive étaient plongés dans une seule obscurité. Il n'y brillait que quelques lumières, qui se jouaient des yeux qui les regardaient.

Nous étions debout près du parapet. Je mis mes gants, car il montait de l'eau un souffle froid ; puis je soupirai sans raison, comme on peut bien le faire, la nuit, devant un fleuve, et je voulus repartir. Mais mon compagnon regardait dans l'eau et ne bougeait pas. Puis il s'approcha encore davantage du parapet, appuya ses coudes sur le fer et posa son front dans ses mains. Cela me parut insensé. J'étais gelé et je relevai le col de mon pardessus. Mon compagnon s'étira et étendit au-dessus du parapet son torse, qui reposait maintenant sur ses bras tendus. Honteux, je me hâtai de parler, pour réprimer mon bâillement :

« N'est-ce pas singulier, tout de même, que seule la nuit soit capable de nous plonger complètement dans les souvenirs ? En ce moment, par exemple, voici ce dont je me souviens. Un jour, j'étais assis sur un banc, sur la berge d'un fleuve, le soir, et je me tenais tout de travers. La tête posée sur mon bras, qui était étendu sur le dossier de bois du banc, je voyais les montagnes nuageuses de l'autre rive et j'entendais un violon délicat, dont quelqu'un jouait à l'hôtel de la plage. Sur l'une et l'autre rive, des trains se poussaient dans les deux sens, avec une fumée qui s'illuminait... »

Ainsi parlais-je, cherchant fébrilement à inventer, derrière les paroles, des histoires d'amour aux situations singulières ; sans craindre d'y mettre même des détails crus et carrément du viol.

Mais à peine avais-je prononcé mes premières paroles que mon compagnon, indifférent et uniquement surpris (me sembla-t-il) de me voir encore là, se tourna vers moi et me dit :

« Vous voyez, c'est toujours ainsi que ça se passe. Quand je descendais mon escalier ce soir, pour faire encore une promenade avant d'aller dans le monde, j'ai été étonné de voir mes mains rouges ballotter dans mes manchettes blanches, et ce avec un entrain insolite. Dès lors, je me suis attendu à l'aventure. C'est toujours ainsi que ça se passe. »

Il dit cela en s'éloignant déjà, comme une petite remarque en passant.

Mais j'en fus très affecté et il me devint pénible de penser que peut-être il pouvait prendre ombrage de ma longue silhouette, auprès de laquelle il paraissait peut-être trop petit. Et la chose me tourmenta à tel point, en dépit du fait qu'après tout il faisait nuit et que nous ne rencontrions presque personne, que je courbai le dos jusqu'à toucher mes genoux avec mes mains en marchant. Mais pour que mon compagnon ne remarquât pas ce que j'avais en tête, je ne modifiai mon maintien que fort progressivement, avec une grande prudence, et je cherchai à détourner de moi son attention en faisant des observations sur les arbres de l'Ile-aux-Archers et sur le reflet des réverbères du pont dans le fleuve. Mais il tourna soudain le visage vers moi et me dit d'un ton indulgent :

« Pourquoi diable marchez-vous ainsi ? Vous voilà tout courbé et presque aussi petit que moi ! »

Comme il avait dit cela gentiment, je répondis :

« C'est bien possible. Mais c'est une façon de me tenir qui me convient. Je suis une petite nature, vous savez, et cela m'est excessivement pénible de tenir mon corps droit. Ce n'est pas une mince affaire, je suis très long... »

Il dit, un peu méfiant :

« Ce n'est qu'une lubie, voyons. Vous marchiez tout à fait droit, tout à l'heure, me semble-t-il, et d'ailleurs à la soirée, vous vous teniez correctement. Vous avez même dansé, ou non ? Hein ? En tout cas vous vous teniez droit, et vous devez bien être encore capable d'en faire autant. »

Je répondis obstinément, en me défendant d'un geste :

« Oui, oui, je me tenais droit. Mais vous me sous-estimez. Je sais me conduire, et c'est pour cela que je marche courbé. »

Lui ne trouva pas cela simple : l'esprit troublé par son bonheur, il ne comprit pas la logique de mes propos et dit seulement :

« Enfin, comme vous voulez. »

Et il regarda vers l'horloge de la Tour-du-Moulin, qui déjà marquait presque une heure.

Or, moi, je me disais : Quel être sans cœur ! Quelle indifférence marquée et caractéristique, en face de mes paroles humbles ! C'est qu'il est heureux, c'est ça, et c'est bien la façon qu'ont les gens heureux de trouver naturel tout ce qui se passe autour d'eux. Leur bonheur instaure une logique éblouissante. Et si maintenant je m'étais jeté à l'eau, ou que maintenant j'étais écartelé par des convulsions, là, sur le pavé, sous cette voûte, je m'insérerais tout de même tranquillement dans son bonheur. Et même si la lubie le prenait — un homme heureux est tellement dangereux, cela ne fait pas de doute — il me tuerait d'un coup comme ferait un voyou. C'est certain et, comme je suis lâche, j'aurais même trop peur pour oser crier... Dieu du ciel !

Je regardai alentour, terrifié. Au loin, devant un café dont les vitres rectangulaires étaient noires, un agent de police glissait sur le pavé. Son sabre le gênait un peu, il le prit à la main, et les choses allèrent bien mieux dès lors. Et lorsqu'à distance je l'entendis de surcroît pousser de petits cris de joie, je fus convaincu qu'il ne viendrait pas à mon secours, si mon compagnon entendait me tuer.

Mais à présent je savais aussi ce que j'avais à faire, car c'est précisément à l'approche d'événements terribles que je suis soudain capable d'une grande résolution. Il fallait que je m'enfuie. C'était fort simple. Maintenant que nous allions prendre à gauche par le Pont-Charles, je pouvais me précipiter à droite dans la rue du même nom. Elle tournait, elle comportait des porches obscurs et des tavernes encore ouvertes ; il n'y avait pas lieu de perdre espoir.

Quand au bout du quai nous ressortîmes de la voûte, je bondis dans la rue, les coudes au corps ; mais au moment d'atteindre une petite porte de l'église, je tombai, car il y avait là une marche que je n'avais pas vue. Cela fit grand bruit. Le prochain réverbère était loin, je gisais dans l'ombre. D'une taverne, en face, sortit une grosse femme tenant une petite lampe au verre fumeux, pour voir ce qui s'était passé dans la rue. Le piano s'arrêta et un homme vint ouvrir grand la porte déjà entrouverte. Il cracha spectaculairement sur une marche et, tout en chatouillant la femme entre les seins, il dit que ce qui s'était passé était de toute façon sans importance. Sur quoi ils firent demi-tour et la porte se referma.

Quand je tentai de me relever, je retombai. C'est le verglas, me dis-je, et je ressentis une douleur au genou. Mais pourtant je fus content que les gens de la taverne ne m'aient pas vu, et la solution la plus confortable me sembla donc de rester étendu là jusqu'à l'aurore.

Sans doute mon compagnon avait-il marché seul jusqu'au pont sans remarquer que j'étais parti, car ce n'est qu'au bout d'un moment qu'il me rejoignit.

Je ne vis pas qu'il fût étonné, lorsqu'il se pencha sur moi avec compassion et me caressa d'une main douce. Il promena sa main sur mes pommettes, puis appliqua deux gros doigts sur mon front bas :

« Vous vous êtes fait mal, n'est-ce pas ? Il y a du verglas et il faut être prudent... La tête vous fait mal ? Non ? Ah, c'est le genou. »

Il parlait sur un ton chantant, comme s'il racontait une histoire, et de surcroît très agréable, sur une douleur très lointaine, dans un genou. Il remuait aussi ses bras, mais il ne songeait pas à me relever. J'appuyai ma tête sur ma main droite — mon coude était posé sur un pavé — et dis rapidement, afin de ne pas l'oublier :

« En fait, je ne sais pas pourquoi je suis parti vers la droite. Pourtant, j'ai vu sous les arcades de cette église — je ne sais comment elle s'appelle, oh, je vous en prie, pardonnez-moi — un chat qui courait. Un petit chat, qui avait le poil clair. C'est pourquoi je l'ai remarqué... Oh non, ce n'était pas ça, excusez-moi, mais c'est une tâche suffisante que de se dominer la journée durant. Si l'on dort, c'est justement afin de prendre des forces pour cette tâche ; mais si l'on ne dort pas, alors il n'est pas rare qu'il nous arrive des choses inutiles ; mais il serait discourtois, de la part de nos compagnons, de s'en étonner bruyamment. »

Mon compagnon avait les mains dans les poches et parcourait du regard le pont désert ; puis il regarda l'église des Croisiers, puis le ciel, qui était limpide. Comme il ne m'avait pas écouté, il dit alors anxieusement :

« Oui, pourquoi restez-vous donc sans rien dire, mon cher ? Vous sentez-vous mal ? Et pourquoi ne vous relevez-vous donc pas ? C'est qu'il fait froid, ici, vous allez prendre du mal, et puis enfin nous voulions aller sur le mont Saint-Laurent.

— Naturellement, dis-je, pardonnez-moi. »

Et je me relevai seul, mais je me fis très mal. Je titubai et dus regarder fixement la statue de Charles IV pour savoir où j'en étais. Mais le clair de lune était maladroit et faisait mouvoir même Charles IV. J'en fus tout étonné et mes pieds retrouvèrent de la vigueur, de peur que Charles IV ne bascule, si je ne trouvais pas une posture apaisante. Ensuite, mes efforts me semblèrent vains, car Charles IV tomba tout de même, juste au moment où me venait l'idée que j'étais aimé d'une jeune fille dans une belle robe blanche.

Je fais des choses vaines et je rate bien des occasions. Quelle heureuse idée que de songer à cette jeune fille !... Et c'était bien gentil, de la part de la lune, de m'éclairer aussi ; et je voulus par modestie aller me mettre sous la voûte du châtelet, à l'entrée du pont, quand je m'avisai que cela n'avait après tout rien que de naturel, si la lune éclairait tout le monde. Aussi c'est avec joie que j'écartai les bras, pour jouir pleinement de la lune... Alors me vinrent à l'esprit les vers suivants :

> Je bondis par les rues
> comme un coureur grisé
> pataugeant dans les airs,

et je me sentis soulagé quand, faisant des mouvements de natation avec mes bras nonchalants, j'avançai sans peine ni douleur. Ma tête était bien posée dans l'air froid et l'amour de la jeune fille vêtue de blanc me mettait dans une extase triste, car j'avais le sentiment de m'éloigner à la nage de cette amoureuse, ainsi que des montagnes nuageuses de son pays... Et il me souvint d'avoir un jour détesté un compagnon heureux qui peut-être marchait encore maintenant près de moi, et je fus content que ma mémoire fût assez bonne pour retenir même des choses aussi accessoires. Car la mémoire a beaucoup à supporter. C'est ainsi que, tout d'un coup, je connaissais toutes ces nombreuses étoiles par leurs noms, quoique jamais je ne les eusse appris. Certes, c'étaient des noms singuliers, difficiles à retenir, mais je les savais tous et très précisément. Je tendis en l'air mon index et dis ces noms un par un à haute voix... Mais je ne poursuivis pas longtemps cette énumération des étoiles, car je devais me remettre à nager, si je ne voulais pas trop sombrer. Mais pour qu'on ne pût pas me dire ensuite que tout le monde pouvait nager au-dessus des pavés et que ce n'était pas la peine d'en parler, je pressai le mouvement et m'élevai ainsi au-dessus du parapet, faisant à la nage le tour de chaque statue de saint que je rencontrais... A la cinquième, comme mes puissants battements me tenaient suspendu au-dessus du pavé, mon compagnon me saisit la main. Je me retrouvai sur mes pieds à ses côtés et ressentis une douleur au genou. J'avais oublié les noms des étoiles, et de la chère jeune fille je ne savais plus qu'une chose, c'est qu'elle portait naguère une robe blanche; mais je ne me rappelais plus les raisons que j'avais eues de croire à son amour. Je sentis monter en moi une grande colère ainsi motivée contre ma mémoire, et la peur de perdre cette jeune fille. Et je répétai donc en m'appliquant et sans m'arrêter « robe blanche, robe blanche », pour garder la jeune fille, ne fût-ce que par ce signe unique. Mais cela ne servit de rien. Mon compagnon, avec ses discours, me serrait de plus en plus près et, au moment où je commençais à comprendre ses paroles, une lueur blanche courut le long du parapet en sautillant délicatement, fila par le châtelet et bondit dans la rue obscure.

« J'ai toujours aimé », dit mon compagnon en montrant la statue de sainte Ludmila « les mains de cet ange, à gauche. Elles sont d'une finesse infinie et leurs doigts qui s'écartent frémissent. Mais à partir de ce soir, ces mains me sont indifférentes, je puis le dire ; car des mains, j'en ai baisé. »

Alors il me serra dans ses bras, baisa mes vêtements et cogna sa tête contre mon corps. Je dis :
« Oui, oui. Je le crois. Je n'en doute pas. »

Et en même temps, pour peu qu'il laissât mes doigts libres, je lui pinçais les mollets. Et je me dis :

Pourquoi vas-tu avec cet homme ? Tu ne l'aimes pas et tu ne le détestes pas non plus, car son bonheur tient tout entier à une jeune fille, et on ne peut même pas être certain qu'elle porte une robe blanche. Donc cet homme t'est indifférent — répète ! — indifférent. Mais il est aussi inoffensif, comme on a pu le voir. Donc, accompagne-le bien sur le mont Saint-Laurent, puisque tu es déjà en route par cette belle nuit, mais fais-le parler et amuse-toi à ta manière, c'est aussi la meilleure façon — dis-le tout bas ! — de te protéger.

II

Divertissements
ou
Démonstration qu'il est impossible de vivre

1. Chevauchée

Déjà je bondissais, avec une agilité peu fréquente, sur les épaules de mon compagnon et, lui bourrant mes poings dans le dos, je lui fis prendre un petit trot. Et quand, encore un peu récalcitrant, il piétina et parfois même resta sur place, je lui flanquai dans le ventre le talon de mes bottines, pour lui donner plus d'allant. Cela réussit, et c'est à bonne allure que nous pénétrâmes toujours plus avant dans une région vaste, mais encore inachevée, où c'était le soir.

La route où je chevauchais était caillouteuse et montait nettement, mais c'est précisément ce qui me plaisait, et je la rendis encore plus caillouteuse et plus abrupte. Dès que mon compagnon trébuchait, je le redressais en le tirant par les cheveux, et dès qu'il gémissait, je lui boxais la tête. Et je sentais combien était saine pour moi cette chevauchée vespérale faite de belle humeur et, pour la rendre encore plus échevelée, je fis souffler sur nous un fort vent contraire, en longues rafales. Et puis j'exagérai encore, sur les larges épaules de mon compagnon, le tressautement du trot et, tout en me tenant solidement des deux mains à son cou, je penchai la tête loin en arrière et contemplai les nuages de toutes sortes qui, plus faibles que moi, flottaient lourdement dans le vent. Je riais et tremblais de vaillance. Mon manteau se déployait et me donnait de l'énergie. En même temps, je resserrais énergiquement mes mains, faisant comme si j'ignorais que du coup j'étranglais mon compagnon.

Et à l'adresse du ciel, qui peu à peu m'était caché par les branches noueuses des arbres que je faisais pousser au bord de la route, je m'écriai, tout échauffée par ma cavalcade :

« J'ai tout de même mieux à faire que d'entendre sans cesse des discours enamourés. Pourquoi est-il venu me trouver, cet intarissable amoureux ? Ils sont tous heureux, et le deviennent plus encore quand quelqu'un d'autre le sait. Ils croient avoir une heureuse soirée et cela suffit pour qu'ils se réjouissent de la suite de leur vie. »

C'est alors que mon compagnon tomba et, quand je l'examinai, je vis qu'il était gravement blessé au genou. Comme il ne pouvait plus m'être utile, je le laissai sur les cailloux, me contentant de siffler quelques vautours, qui descendirent docilement des hauteurs et se posèrent sur lui, le bec grave, pour le surveiller.

2. Promenade

Sans plus m'en soucier, je repartis. Mais, comme le piéton que j'étais redoutait les fatigues de cette route escarpée, j'aplanis le chemin de plus en plus et finis par le faire au loin se creuser en un vallon.

Les cailloux disparurent à ma guise et le vent tomba, se perdant dans le soir. Je marchais d'un bon pas et, comme je suivais la pente, j'avais relevé la tête, raidi mon corps et croisé mes bras derrière ma nuque. Comme j'adore les forêts de pins, je traversais des forêts de pins et, comme j'aime regarder en silence le ciel plein d'étoiles, celles-ci se mirent à éclore lentement et tranquillement au vaste firmament, comme elles ont d'ailleurs coutume de le faire. Je ne voyais que de rares nuages effilés, que traînait dans l'air un vent qui ne soufflait qu'en altitude.

Assez loin face à ma route, et sans doute séparée de moi par un fleuve, je fis se dresser une haute montagne dont la cime couverte de broussaille touchait au ciel. Je distinguais nettement même les petits rameaux et les mouvements des plus hautes branches. Ce spectacle, si banal qu'il fût, me réjouit tant que j'en oubliai, petit oiseau qui me balançais sur les tiges de ces lointains buissons touffus, de faire se lever la lune, qui était déjà postée derrière la montagne et s'irritait sans doute de ce retard.

Mais voilà que se répandit sur la montagne l'éclat froid qui précède le lever de la lune, et que soudain la lune elle-même surgit derrière l'un des buissons frémissants. Mais moi, je regardais entre-temps dans une autre direction et, quand je regardai de nouveau devant moi et l'aperçus tout d'un coup, luisant déjà presque de toute sa rondeur, je m'immobilisai, les yeux embués, car ma route pentue paraissait mener tout droit dans cette lune effrayante.

Mais au bout d'un petit moment je m'habituai à elle et observai méditativement comme son ascension devenait pénible, jusqu'à ce qu'enfin, quand nous eûmes fait un bon bout de chemin à la rencontre l'un de l'autre, je ressentisse une agréable somnolence qui, à mon sens, m'envahissait à la suite des fatigues du jour, dont à vrai dire je ne me souvenais plus. Je marchai quelque temps les yeux fermés, me tenant éveillé uniquement en frappant dans mes mains, fort et régulièrement.

Mais ensuite, lorsque le chemin menaça de se dérober sous mes pieds et que tout se mit, fatigué comme moi, à disparaître, je me hâtai d'escalader prestement le talus sur le côté droit de la route, afin de parvenir encore à temps dans la forêt de pins haute et confuse où j'entendais dormir cette nuit. Cette hâte était nécessaire. Les étoiles pâlissaient déjà et la lune affaiblie retombait dans le ciel, comme dans des eaux agitées. La montagne déjà était un morceau de la nuit, la route cessait de façon effrayante là même où j'avais pris par le talus, et de l'intérieur de la forêt j'entendais se rapprocher le fracas de troncs qui s'abattaient. J'aurais pu dès lors me jeter tout de suite sur la mousse pour y dormir, mais comme j'ai peur des fourmis, je grimpai sur un arbre en enserrant son tronc de mes jambes. Il oscillait déjà en l'absence de vent. Je m'étendis sur une grosse branche, la tête contre le tronc, et m'endormis promptement, tandis qu'un écureuil né de ma lubie, la queue à la verticale, était posté sur l'extrémité mouvante de la branche et s'y balançait.

Je dormis d'un sommeil profond et sans rêves. Je ne fus réveillé ni par le coucher de la lune, ni par le lever du soleil. Et lors même que j'étais sur le point de m'éveiller, je me tranquillisai à nouveau en me disant : tu t'es beaucoup fatigué le jour d'avant, aussi prends soin de ton sommeil. Et je me rendormis.

Mais quoique je n'aie pas rêvé, mon sommeil était continuellement et légèrement troublé. Tout au long de la nuit, j'entendis quelqu'un parler près de moi. Je n'entendais guère les paroles elles-mêmes, sinon des bribes comme « banc sur la berge », « montagnes nuageuses », « trains avec une fumée qui s'illuminait », je n'entendais que leur accentuation et je me souviens que, dormant encore, je me frottais les mains, tout content de ne pas être obligé de distinguer chaque parole, puisque précisément j'étais en train de dormir.

Avant minuit, la voix était très gaie, offensante. J'en eus froid dans le dos, car je crus que quelqu'un sciait à la base mon arbre, qui déjà auparavant oscillait... Après minuit, la voix prit un ton plus grave, s'éloigna et fit des pauses entre ses phrases, si bien qu'on aurait dit qu'elle répondait à des questions que je ne posais pas. Alors je me sentis plus à mon aise et j'osai m'étirer... Sur le matin, la voix se fit de plus en plus affable. Celui qui parlait ne semblait pas être installé de façon plus sûre que moi, car je notai alors qu'il parlait depuis les grosses branches voisines. Cela me donna de l'audace et, toujours couché, je lui tournai le dos. Manifestement, cela l'attrista, car il cessa de parler et se tut tellement longtemps que dans la matinée, alors que j'étais déjà tout à fait déshabitué de ce bruit, il me réveilla en poussant un petit soupir.

Je vis un ciel chargé de nuages ; non seulement il était au-dessus de ma tête, mais il m'entourait. Les nuages étaient si lourds qu'ils se traînaient au ras de la mousse, se cognaient contre les arbres, se déchiraient aux grosses branches. Certains tombaient pour un temps sur le sol ou se laissaient coincer par les arbres, jusqu'à ce que survînt un vent plus fort qui les chassait à nouveau. La plupart de ces nuages transportaient des pommes de pin, des branches brisées, des cheminées, du gibier mort, des drapeaux, des girouettes et autres objets généralement non identifiables qu'ils avaient pris quelque part au loin et emportés dans leur vol.

Je restai perché, tout petit sur ma branche, et devais veiller à écarter les nuages qui me menaçaient, ou bien à les esquiver, quand ils étaient larges. Or, c'était une rude tâche, pour moi qui étais encore à moitié endormi et qui, de surcroît, étais troublé par des gémissements que je croyais entendre encore fréquemment. Pourtant je vis avec stupeur que, plus j'étais sûr de vivre, plus le ciel était haut et l'horizon vaste ; enfin, après mon ultime bâillement, je reconnus la région de la veille, à présent recouverte de nuages de pluie.

Ce soudain élargissement de ma perspective me terrifia. Je réfléchis et me demandai pourquoi j'étais venu dans ce pays dont je ne connaissais pas les chemins. J'eus l'impression d'être venu m'y perdre en rêve et de ne comprendre qu'au réveil ce que ma situation avait de terrible. J'entendis alors par bonheur un oiseau dans la forêt, et cela me procura l'apaisement de songer que c'était tout de même pour mon plaisir que j'étais venu là.

Ta vie était monotone, me dis-je à voix haute pour m'en convaincre. Il était vraiment nécessaire que tu sois amené ailleurs. Tu peux être content ; c'est gai, ici. Le soleil brille.

Alors le soleil brilla, et les nuages de pluie devinrent blancs et légers et petits dans le ciel bleu. Ils brillaient et se cabraient. Je vis un fleuve dans la vallée.

Oui, c'était monotone, tu mérites ce divertissement, me dis-je encore sans pouvoir m'en empêcher. Mais n'était-ce pas dangereux aussi ?

C'est alors que j'entendis quelqu'un soupirer, terriblement près.

Je voulus descendre de l'arbre à toute vitesse, mais comme la branche tremblait tout autant que ma main, je tombai tout raide du haut jusqu'en bas. Je heurtai à peine le sol et ne ressentis d'ailleurs aucune douleur, mais je me sentis si faible et si malheureux que j'enfouis mon visage dans le sol de la forêt, incapable de supporter l'effort de voir autour de moi les choses de la terre. J'étais convaincu que tout mouvement et toute pensée vous étaient arrachés par la force, qu'il fallait donc s'en garder. Au contraire, rien de plus naturel que de rester étendu là dans l'herbe, les bras au corps et le visage caché. Et je me persuadai qu'en vérité j'étais heureux de me trouver déjà dans cette situation toute naturelle, car il me faudrait sinon, pour y parvenir, bien des convulsions pénibles, des pas ou des paroles.

Mais je n'étais pas ainsi couché depuis longtemps que j'entendis pleurer quelqu'un. C'était près de moi, et m'irrita pour cette raison. Cela m'irrita tellement que je me mis à réfléchir, me demandant qui pouvait pleurer ainsi. Mais à peine avais-je commencé à réfléchir que je me mis à me tordre si violemment, secoué par une angoisse furieuse, que je roulai en bas de la pente, tout couvert d'aiguilles de pin, jusque dans la poussière de la route. Et quoique avec mes yeux emplis de poussière je visse tout comme si tout était imaginaire, je filai tout de même aussitôt sur la route, pour échapper enfin à toutes ces personnes fantomatiques.

Je haletais en courant et, dans mon trouble, je perdis le contrôle de moi-même. Je voyais mes jambes se soulever, avec leurs rotules qui faisaient largement saillie, mais je ne pouvais plus m'arrêter, car mes bras se balançaient comme quand on sort très joyeusement, et ma tête oscillait aussi. Je m'efforçai néanmoins, froidement et désespérément, de trouver comment me sauver. Je me souvins alors du fleuve qui devait être à proximité et aussitôt je vis, à ma grande joie, un chemin étroit qui partait sur le côté et qui d'ailleurs m'amena en quelques bonds à travers les prés jusqu'à la berge.

Le fleuve était large et ses petites vagues bruyantes étaient éclairées. Sur l'autre berge aussi, il y avait des prés, qui devenaient ensuite de la broussaille, au-delà de laquelle on apercevait en enfilades de longues allées claires d'arbres fruitiers, qui menaient vers des collines vertes.

Réjoui par ce spectacle, je m'allongeai par terre et, tout en me tenant les oreilles par crainte d'entendre pleurer, je pensai : je pourrais vivre content, ici. Car ici l'on est seul et c'est beau. Il n'y a pas besoin de beaucoup de courage pour vivre ici. Sans doute se tourmente-t-on ici comme ailleurs, mais on n'est pas obligé en même temps de se mouvoir esthétiquement. Ce ne doit pas être nécessaire. Car il n'y a là que des montagnes et un grand fleuve, et je suis encore assez avisé pour les considérer comme inanimés. Et même quand le soir, seul, je trébucherai en remontant les chemins des prés, je ne serai pas plus abandonné que la montagne, sauf que je le sentirai. Mais je crois que même cela finira par passer.

C'est ainsi que je jouai avec ma vie future, tentant obstinément d'oublier. En même temps, je regardais en clignant des yeux ce ciel, qui avait pris une coloration extraordinairement heureuse. Cela faisait longtemps que je ne l'avais vu ainsi, j'en fus ému et me rappelai telle et telle journée où j'avais également cru le voir ainsi. J'ôtai les mains de mes oreilles, étendis les bras en croix et les laissai tomber dans l'herbe.

J'entendis quelqu'un sangloter faiblement au loin. Il se mit à faire du vent et de grandes quantités de feuilles sèches, que je n'avais pas vues auparavant, s'envolèrent à grand bruit. Sous les arbres fruitiers, des fruits encore verts s'écrasaient déraisonnablement sur le sol. Derrière une montagne, de vilains nuages montaient. Les vagues du fleuve craquaient et cédaient au vent.

Je me levai vite. J'avais le cœur douloureux, car à présent il semblait impossible d'échapper à ma souffrance. Déjà je voulais faire demi-tour pour quitter cette région et retourner à mon mode de vie antérieur, quand me vint l'idée que voici :

Comme il est singulier qu'encore à notre époque des personnes comme il faut se fassent transborder par-dessus un fleuve d'une façon aussi malaisée. Ce doit être une coutume ancienne, il n'y a pas d'autre explication.

Je hochai la tête, car j'étais perplexe.

3. Le gros

a) Discours au paysage.

Emergeant des broussailles de l'autre rive, quatre hommes nus s'avançaient d'un pas puissant, portant sur leurs épaules une litière en bois. Sur cette litière était assis, dans une posture orientale, un homme monstrueusement gros. Bien qu'il fût transporté à travers les buissons hors des sentiers battus, il n'écartait pourtant pas les branches épineuses, il les traversait tranquillement, le corps immobile. Les masses plissées de sa graisse étaient si soigneusement étalées qu'elles recouvraient bien toute la litière, pendant même sur les côtés comme la frange d'un tapis jaunâtre, mais que pourtant elles ne le gênaient pas. Son crâne dépourvu de cheveux était petit et brillait d'un éclat jaune. Son visage arborait l'expression sans artifice de quelqu'un qui réfléchit et ne prend pas la peine de le cacher. Par moment il fermait les yeux ; quand il les rouvrait, son menton se tordait. Il dit à voix basse :

« Le paysage me trouble dans mes pensées, il fait vaciller mes réflexions comme des ponts suspendus quand le courant est déchaîné. Il est beau et exige donc qu'on le contemple.

« Je ferme mes yeux et dis : ô montagne verte au

bord du fleuve, toi qui as des pierres qui viennent rouler jusqu'à l'eau, tu es belle.

« Mais elle n'est pas contente, elle, elle entend que j'ouvre les yeux et la regarde.

« Mais si, l'œil fermé, je lui dis : montagne, je ne t'aime pas, car tu me rappelles les nuages, le crépuscule du soir et le ciel ascendant, toutes choses qui me font presque pleurer, parce qu'on ne peut jamais les atteindre, quand on se fait porter sur une petite litière. Or, tandis que tu me montres cela, sournoise montagne, tu me bouches les perspectives lointaines qui m'égaient parce qu'en une belle vue d'ensemble elles me montrent des choses accessibles. Voilà pourquoi je ne t'aime pas, montagne au bord de l'eau, non, je ne t'aime pas.

« Mais ce discours lui serait aussi indifférent que le précédent, si je ne le tenais pas les yeux ouverts. Sinon, elle n'est pas contente.

« Et ne devons-nous pas veiller à conserver ses faveurs, pour surtout la conserver debout, elle qui marque une prédilection si fantaisiste pour la bouillie de nos cerveaux. Elle abattrait sur moi son ombre dentelée, elle dresserait devant moi sans un mot des murailles effroyablement dénudées, et mes porteurs trébucheraient sur les petites pierres au bord du chemin.

« Mais la montagne n'est pas seule à être si vaniteuse, si encombrante et puis si vindicative; tout le reste l'est aussi. Aussi suis-je contraint, les yeux ronds — oh, ils font mal —, de répéter toujours :

« Oui, montagne, tu es belle, et les forêts de ton côté ouest me réjouissent... Et je suis aussi content de toi, ô fleur, et ton rose rend mon âme joyeuse... Et toi, herbe des prés, tu es déjà haute et vigoureuse, et tu rafraîchis... Et toi, broussaille étrange, tu piques si inopinément que nos pensées en font des bonds. Mais toi, fleuve, je te trouve tant d'agrément que je vais me faire porter par ton eau flexueuse. »

Quand il eut proféré dix fois à voix haute cette louange, accompagnée de quelques tressaillements d'humilité, il laissa retomber sa tête et dit, les yeux fermés :

« Mais à présent — je vous en prie —, montagne, fleur, herbe, broussaille et fleuve, laissez-moi un peu d'espace, que je puisse respirer. »

Alors se déclencha un glissement empressé dans les montagnes avoisinantes, qui allèrent se rencogner derrière des brumes pendantes. Certes, les allées tinrent bon, gardant à peu près la largeur de la chaussée, mais elles fondirent prématurément : dans le ciel s'interposait devant le soleil un nuage humide à la frange discrètement illuminée, à l'ombre duquel le pays se creusa plus profondément, tandis que toute chose perdait sa belle délimitation.

Les pas des porteurs s'entendirent alors jusqu'à ma rive, et pourtant je ne pouvais rien distinguer de plus précis dans le rectangle sombre de leurs visages. Je voyais simplement qu'ils inclinaient leurs têtes de côté et courbaient leurs dos, car la charge était extraordinaire. Je me faisais du souci pour eux, car je notai qu'ils étaient fatigués. Je les vis donc avec anxiété fouler l'herbe de la berge, puis traverser d'un pas encore égal le sable humide, pour enfin s'enfoncer dans les roseaux boueux, où les deux porteurs arrière se penchèrent encore davantage pour maintenir la litière en position horizontale. Je pressai mes mains l'une contre l'autre. A présent, ils étaient obligés à chaque pas de lever haut les pieds, si bien que, dans l'air frais de cet après-midi changeant, leurs corps reluisaient de sueur.

Le gros était tranquillement assis, les mains sur les cuisses ; les longues extrémités des roseaux l'effleuraient quand elles se redressaient après le passage des porteurs de tête.

Les mouvements des porteurs se faisaient plus irréguliers, à mesure qu'ils approchaient de l'eau. Par moment la litière vacillait comme si elle avait déjà été sur les vagues. De petites mares, dans les roseaux, exigeaient qu'on les saute ou qu'on les contourne, car elles pouvaient être profondes. A un moment, des canards sauvages se levèrent à grands cris et montèrent tout droit vers le nuage de pluie. Alors, à la faveur d'un bref mouvement, je vis le visage du gros ; il était tout à fait inquiet. Je me levai et me hâtai de descendre à bonds zigzaguants la pente caillouteuse qui me séparait de l'eau. Je ne me souciais pas que ce fût dangereux, je ne songeais qu'à venir en aide au gros, si ses porteurs ne pouvaient plus le porter. Je courais d'une façon tellement irréfléchie qu'arrivé en bas, au bord de l'eau, je ne pus pas m'arrêter et fus obligé d'entrer un peu dans l'eau qui m'éclaboussa, ne m'immobilisant qu'au moment où j'eus de l'eau jusqu'aux genoux.

Or, de l'autre côté, les serviteurs en se contorsionnant étaient entrés dans l'eau et, se tenant d'une main à la surface des flots agités, ils maintenaient à grand-peine la litière en hauteur de leurs quatre bras velus, de sorte qu'on voyait leurs muscles saillir de manière insolite.

L'eau vint d'abord leur clapoter au menton, puis monta jusqu'à leurs bouches, la tête des porteurs se rejeta en arrière et les brancards tombèrent sur les épaules. L'eau déjà virevoltait autour de l'arête de leurs nez, pourtant ils ne relâchaient toujours pas leurs efforts, bien qu'ils fussent à peine au milieu du fleuve. C'est alors qu'une petite vague déferla sur la tête des premiers porteurs, et les quatre hommes se noyèrent en silence, tandis que leurs mains convulsivement entraînaient la litière vers le fond. L'eau se referma bruyamment sur l'emplacement du naufrage.

Alors jaillit des bords du gros nuage la lueur plate du soleil du soir, transfigurant collines et montagnes sur tout le pourtour de l'horizon, tandis que sous le nuage le fleuve et la contrée étaient dans une lumière indécise.

Le gros vira lentement dans la direction du courant et fut emporté vers l'aval, comme une idole de bois clair qui fût devenue superflue et qu'on eût donc jetée dans le fleuve. Il se mit à descendre dans le reflet du nuage de pluie. Des nuages allongés le tiraient et de petits nuages arc-boutés le poussaient, si bien qu'il s'ensuivait une agitation considérable, qui se marquait par le clapotis de l'eau jusque contre mes genoux et contre les cailloux de la berge.

Je me hâtai de regrimper sur celle-ci, afin de pouvoir escorter le gros dans sa descente, car en vérité je l'aimais. Et peut-être que je pourrais apprendre quelque chose sur les dangers que recelait ce pays apparemment sûr. Je me mis ainsi à marcher sur une bande de sable, à l'étroitesse de laquelle il fallait d'abord s'habituer, les mains dans les poches et le visage tourné à angle droit vers le fleuve, de sorte que mon menton était presque appuyé sur mon épaule.

Sur les cailloux de la berge étaient posées de délicates hirondelles.

Le gros dit :

« Cher Monsieur du rivage, ne tentez pas de me

sauver. C'est la vengeance de l'eau et du vent ; à présent je suis perdu. Oui, c'est de la vengeance, car combien de fois n'avons-nous pas attaqué ces choses, mon ami l'homme en prière et moi-même, au chant de notre lame, à la lueur éclatante des cymbales, dans la vaste splendeur des trompettes et l'éclat bondissant des timbales. »

Une petite mouette passa, ailes écartées, à travers son ventre, sans que la vitesse de son vol s'en trouvât réduite.

Le gros poursuivit son récit :

b) Début de la conversation avec l'homme en prière.

Il fut un temps où j'allais jour après jour dans une église, parce qu'une jeune fille dont j'étais tombé amoureux y priait à genoux une demi-heure chaque soir, et que pendant ce temps je pouvais la contempler à loisir.

Un jour que la jeune fille n'était pas venue et que je considérais avec mauvaise humeur les gens qui priaient, je remarquai un jeune homme qui s'était jeté à terre, y étendant son corps maigre de tout son long. De temps en temps il empoignait son crâne de toute la force de son corps et le cognait en gémissant dans ses mains à plat sur les dalles.

Dans l'église, il n'y avait que quelques vieilles, qui fréquemment inclinaient leurs petites têtes enveloppées de fichus et se tournaient pour jeter un regard vers cet homme en prière. Cette attention semblait le rendre heureux, puisque avant chacun de ses pieux accès il jetait un coup d'œil alentour pour s'assurer que les spectateurs étaient nombreux.

Je trouvai cela inconvenant et je résolus de lui adresser la parole lorsqu'il sortirait de l'église et de le questionner sur les raisons qu'il avait de prier ainsi. Oui, j'étais irrité, parce que la jeune fille n'était pas venue.

Mais ce n'est qu'au bout d'une heure qu'il se releva, fit avec application un signe de croix et avança par à-coups vers le bénitier. Je me mis sur le chemin entre le bénitier et la porte. Je savais que je ne le laisserais pas passer sans explication. Je tordis la bouche, comme je le fais toujours pour me préparer à parler fermement. J'avançai la jambe droite et pris appui dessus, en tenant nonchalamment la gauche sur la pointe du pied ; c'est aussi quelque chose qui me donne de l'assurance.

Or, il est possible que cet individu eût déjà lorgné vers moi avant de s'asperger le visage d'eau bénite, peut-être aussi qu'il m'avait déjà remarqué auparavant avec inquiétude, car voilà que tout d'un coup il se rua vers la porte et disparut. La porte vitrée claqua. Quand aussitôt je l'eus franchie à mon tour, je ne le vis plus, car il y avait là quelques ruelles étroites et beaucoup de mouvement.

Les jours suivants, il ne se montra pas, mais ma jeune fille vint. Elle était dans cette robe noire qui avait aux épaules des dentelles transparentes — le demi-cercle que formait le haut de sa chemise se voyait en dessous — et sous leur bord inférieur, la soie dessinait vers le bas un col bien taillé. Et comme la jeune fille était venue, j'en oubliai le jeune homme, ne m'en souciant même plus lorsque ensuite il revint régulièrement prier comme à son habitude. Mais il passait toujours devant moi en toute hâte et en détournant le visage. Peut-être cela tenait-il au fait que j'étais incapable de me l'imaginer autrement qu'en mouvement, si bien qu'il m'avait l'air de se faufiler même quand il était immobile.

Une fois, je tardai à quitter ma chambre. Je me rendis tout de même encore à l'église. Je n'y trouvai pas la jeune fille et m'apprêtai à rentrer chez moi. Ce jeune homme était de nouveau là, étendu sur le sol. Le précédent incident me revint à l'esprit et me rendit curieux.

Je filai sur la pointe des pieds jusqu'à la porte, donnai une pièce de monnaie au mendiant aveugle qui était assis là et je me fis une place à son côté derrière le battant ouvert. J'y demeurai une heure durant, faisant peut-être une figure rusée. Je me sentais bien à cet endroit et décidai d'y venir plus souvent. Au cours de la deuxième heure, toutefois, je trouvai insensé de rester assis là à cause de cet homme en prière. Et pourtant je laissai, encore une troisième heure durant, et déjà avec colère, les araignées se promener sur mes vêtements, tandis que les dernières personnes quittaient l'obscurité de l'église en respirant bruyamment.

Alors, il arriva, lui aussi. Il marchait prudemment et ses pieds tâtaient d'abord légèrement le sol avant de s'y poser.

Je me levai, fis un grand pas tout droit vers lui et empoignai ce jeune homme par le col.

« Bonsoir », lui dis-je.

Et, la main toujours sur son col, je le poussai en bas des marches sur la place éclairée.

Lorsque nous fûmes en bas, il dit d'une voix pas du tout ferme :

« Bonsoir, très très cher monsieur, ne soyez surtout pas en colère contre votre tout dévoué serviteur.

— Oui, dis-je, j'entends vous poser quelques questions, mon cher, la dernière fois vous m'avez échappé, je doute que vous y parveniez aujourd'hui.

— Vous êtes compatissant, monsieur, et vous allez me laisser rentrer chez moi. Je mérite la pitié, c'est la vérité.

— Non », criai-je pour couvrir le bruit d'un tramway qui passait, « je ne vous lâche pas. Ce sont précisément les histoires de ce genre qui me plaisent. Vous êtes une aubaine. Je me félicite du bonheur que j'ai là. »

Il dit alors :

« Ah, mon Dieu, vous avez un cœur allègre et une tête d'un seul bloc. Vous parlez d'aubaine et de bonheur, comme vous devez être heureux ! Car mon malheur est un malheur branlant, branlant sur une fine pointe, et dès qu'on le touche il tombe sur celui qui posait la question. Bonne nuit, monsieur.

— Bon », dis-je en le retenant par sa main droite, « si vous ne me répondez pas, je vais me mettre à crier, là, dans la rue. Et toutes les vendeuses qui sortent maintenant des magasins, et tous leurs petits amis qui se réjouissent de les retrouver, vont s'attrouper, croyant qu'un cheval de fiacre vient de tomber, ou quelque chose de ce genre. Alors, je vous montrerai aux gens. »

Il se mit, en pleurant, à me baiser alternativement les deux mains :

« Je vous dirai ce que vous voulez savoir, mais, je vous en prie, allons plutôt dans cette rue, là-bas. »

J'approuvai de la tête, et nous y allâmes.

Mais il ne se contenta pas de l'obscurité de la ruelle, où il n'y avait que des réverbères jaunes éloignés les uns des autres, il m'emmena dans le porche bas d'un vieil immeuble, sous la petite lampe dégoulinante qui pendait d'un escalier de bois.

Une fois là, il tira solennellement son mouchoir et dit, en l'étalant sur une marche :

« Asseyez-vous donc, monsieur, vous pourrez ainsi mieux me questionner ; moi, je reste debout, je pourrai ainsi mieux répondre. Mais ne me tourmentez pas. »

Je m'assis alors et lui dis en plissant les yeux et en le regardant par en dessous :

« Vous êtes mûr pour l'asile, voilà ce que vous êtes ! Qu'est-ce que c'est que cette façon de se conduire, à l'église ! Comme c'est ridicule et déplaisant pour ceux qui regardent ! Comment se recueillir, quand vous imposez ce spectacle ? »

Il avait plaqué son corps au mur et ne remuait plus librement que la tête, en l'air.

« Ne vous scandalisez pas... Pourquoi faudrait-il que vous vous scandalisiez de choses qui ne sont pas de votre fait ? Moi, je me scandalise quand je me conduis maladroitement ; mais si c'est seulement quelqu'un d'autre qui se conduit mal, cela me fait plaisir. Ainsi, ne vous scandalisez pas si je dis que, si je prie comme cela, c'est dans le but d'attirer les regards des gens.

— Que dites-vous là ! m'écriai-je beaucoup trop fort pour ce couloir bas, mais je n'osai plus ensuite baisser la voix. Vraiment, que dites-vous là ? Oh, je devine déjà, et même je devinais déjà, dès que je vous ai vu la première fois, dans quel état vous êtes. J'ai de l'expérience et je ne plaisante pas en disant qu'il s'agit d'un mal de mer sur la terre ferme. Et c'est dans la nature de ce mal que vous oubliiez le véritable nom des choses et déversiez à présent sur elles, précipitamment, des noms pris au hasard. A toute allure, surtout ! Mais à peine vous êtes-vous enfui loin d'elles, qu'à nouveau vous avez oublié leurs noms. Le peuplier dans les champs, que vous avez appelé la " tour de Babel " parce que vous ne saviez pas ou ne vouliez pas savoir que c'est un peuplier, se balance à nouveau sans avoir de nom, et vous êtes contraint de l'appeler " Noé, tandis qu'il était ivre ". »

Je fus un peu accablé quand il dit :

« Je suis heureux de n'avoir pas compris ce que vous avez dit. »

Agacé, je dis vivement :

« Que vous en soyez heureux montre bien que vous avez compris.

— Je l'ai certes montré, monsieur, mais vous avez aussi parlé de façon étrange. »

Je mis les mains sur une marche plus haute, m'appuyai en arrière et, dans cette posture inattaquable qui est l'ultime recours des lutteurs, je dis :

« Vous avez une façon amusante de vous tirer d'affaire, en supposant chez autrui l'état qui est le vôtre. »

Là-dessus, il reprit courage. Il croisa les mains, pour donner à son corps une unité, et dit au prix d'une légère répugnance :

« Non, je ne fais tout de même pas cela envers tout le monde, par exemple je ne le fais pas envers vous, parce que je ne peux pas. Mais je serais heureux, si je pouvais le faire, car alors l'attention des gens, à l'église, ne me serait plus nécessaire. Savez-vous pourquoi elle m'est nécessaire ? »

Cette question me laissa désemparé. Assurément, je ne le savais pas, et je crois d'ailleurs que je ne voulais pas le savoir. Du reste, ce n'était pas moi qui avais voulu venir ici, me dis-je alors, c'était cet individu qui m'avait obligé à l'écouter. Aussi me suffisait-il à présent de secouer la tête, pour lui indiquer que je ne savais pas ; mais je fus incapable d'imprimer un mouvement à ma tête.

L'individu qui me faisait face souriait. Puis il

s'agenouilla en se faisant tout petit et me raconta, avec une grimace somnolente :

« Il n'y a jamais eu d'époque où je fusse convaincu par moi-même de mon existence. De fait, je ne saisis les choses qui m'entourent que par des représentations à ce point délabrées que j'ai toujours le sentiment que les choses ont vécu à un certain moment, mais qu'à présent elles sont en train de sombrer. J'éprouve sans cesse, monsieur, l'envie torturante de voir les choses telles qu'elles doivent se présenter avant qu'elles ne se montrent à moi. Elles sont sûrement alors belles et calmes. Ce doit être ainsi, car souvent j'entends les gens en parler en ces termes. »

Comme je me taisais et ne manifestais que par des tressaillements involontaires de mon visage à quel point je me sentais mal, il demanda :

« Vous ne croyez pas que les gens parlent ainsi ? »

Je crus devoir faire signe que oui, mais je n'y parvins pas.

« Vraiment, vous n'y croyez pas ? Mais enfin, écoutez ! Un jour, dans mon enfance, ouvrant les yeux après une courte sieste, j'entendis, tout ensommeillé que j'étais encore, ma mère demander du haut de son balcon et sur un ton naturel : " Que faites-vous, ma chère ? Il fait tellement chaud. " Une femme répondit du jardin : " Je prends une collation dans la verdure. " Elles disaient cela sans réfléchir, ni trop distinctement, comme si tout le monde avait dû s'y attendre

« Je crus être censé de répondre à une question. Je portai donc la main à la poche arrière de mon pantalon et je fis semblant d'y chercher quelque chose. Mais je ne cherchais rien, je voulais seulement prendre une autre allure, pour manifester que je participais à la conversation. Je dis en même temps que l'incident était tout à fait singulier et que je ne le comprenais nullement. J'ajoutai encore que je ne croyais pas à son authenticité et qu'il devait certainement être inventé dans un but précis qui m'échappait. Puis je fermai les yeux, car ils me faisaient mal.

— Ah, c'est tout de même bien que vous soyez de mon avis, et c'est généreux de votre part de m'avoir retenu pour me dire cela.

« N'est-ce pas, pourquoi voudrait-on que j'aie honte — ou que nous ayons honte — parce que je ne marche pas lourdement en me tenant tout droit, ne frappe pas le pavé de ma canne et n'effleure pas les vêtements des gens qui passent à grand bruit ? N'aurais-je pas au contraire le droit de me plaindre amèrement de ce que je sautille le long des maisons comme une ombre aux épaules anguleuses, disparaissant quelquefois dans les glaces des vitrines ?

« Que sont donc ces journées que je passe ? Pourquoi tout est-il si mal construit que, de temps à autre, de grands immeubles s'effondrent sans qu'on puisse à cela découvrir une raison extérieure ? Je grimpe alors sur les amas de décombres et demande à tous ceux que je rencontre : " Comment est-ce que ça a bien pu arriver ? Dans notre ville... Un immeuble neuf... C'est déjà le cinquième aujourd'hui... Songez un peu. " Et personne n'est capable de me répondre.

« Souvent, des gens tombent en pleine rue et restent étendus, morts. Alors, tous les commerçants ouvrent leurs portes encombrées de marchandises accrochées, ils arrivent prestement, transportent le mort dans un immeuble, puis reviennent, le sourire aux lèvres et dans les yeux, et discourent : " Bonjour... Le ciel est pâle... Je vends beaucoup de foulards... Eh, oui, la guerre. " Je vais en sautillant jusque dans l'immeuble et, après avoir plusieurs fois levé timidement ma main à l'index replié, je finis par frapper au fenestron du concierge. " Mon ami, dis-je gentiment, on vient d'apporter chez vous un mort. Montrez-le-moi, je vous prie. " Et lorsqu'il secoue la tête comme s'il était indécis, je dis fermement : " Mon ami, je suis de la police secrète. Montrez-moi ce mort immédiatement. " Et voilà que c'est lui qui questionne, presque offensé : " Un mort ? Non, nous n'avons pas de mort, ici. C'est un immeuble convenable. " Je salue et je m'en vais.

« Mais alors, si j'ai à traverser une grande place, j'oublie tout. La difficulté de l'entreprise me désoriente et je pense souvent, à part moi : " Quand on construit, par pur défi, d'aussi grandes places, pourquoi ne construit-on pas aussi une rambarde de pierre qui permette de traverser la place ? Il souffle aujourd'hui un vent de sud-ouest. L'air sur la place est agité. La flèche du beffroi de l'hôtel de ville décrit de petits cercles. Pourquoi ne fait-on pas régner le calme dans cette cohue ? Qu'est-ce donc que ce vacarme ? Toutes les vitres tintent et les réverbères ploient comme des bambous. Le manteau de la Vierge sur la colonne se gonfle et la tempête menace de le déchirer. Est-ce que personne ne le voit ? Les messieurs et les dames qui sont censés marcher sur les pierres planent. Quand le vent reprend son souffle, ils s'arrêtent, échangent quelques mots et s'inclinent pour se saluer ; mais quand la bourrasque se lève à nouveau, ils ne peuvent lui résister et ils lèvent tous les pieds en même temps. Certes, ils sont obligés de tenir solidement leurs chapeaux, mais ils ont le regard joyeux, comme si le temps était doux. Je suis le seul à avoir peur. »

Malmené comme j'étais, je lui dis :

« L'histoire que vous racontiez tout à l'heure, à propos de votre mère et de la femme dans le jardin, je ne la trouve pas du tout étrange. Des histoires de ce genre, non seulement j'en ai beaucoup entendu et vu, mais j'ai même joué un rôle dans plus d'une. C'est une affaire tout à fait naturelle, voyons. Est-ce que vous croyez que, si j'avais été sur le balcon, je n'aurais pas pu dire la même chose, et répondre la même chose depuis le jardin ? C'est un incident tellement simple ! »

Quand j'eus dit cela, il en parut ravi. Il dit que j'étais bien habillé, et que ma cravate lui plaisait beaucoup. Et que j'avais une si jolie peau. Et que les aveux n'étaient jamais si clairs que quand on les rétracte.

c) Histoire de l'homme en prière.

Il s'assit alors près de moi, car j'étais maintenant intimidé, je lui avais fait place et tenais la tête penchée sur le côté. Néanmoins, il ne m'échappa pas que lui aussi était assis là avec une certaine gêne, qu'il cherchait sans cesse à rester à quelque distance de moi et qu'il parlait avec peine :

« Que sont donc ces journées que je passe ?

« J'étais hier au soir dans le monde. Tandis que je m'inclinais, à la lumière du gaz, devant une demoiselle en disant : " Je suis véritablement content que nous approchions déjà de l'hiver... ", tandis que je m'inclinais en disant cela, je notai avec déplaisir que l'articulation de ma cuisse droite s'était déboîtée. La rotule elle-même était un peu démise.

« Je m'assis donc et, comme je tente toujours de conserver une vue d'ensemble sur les phrases que je prononce, je dis : " Car l'hiver est beaucoup moins pénible ; on peut se comporter avec davantage d'aisance, on n'a pas besoin de faire tant d'efforts avec ses paroles. N'est-ce pas, chère mademoiselle ? J'espère que j'ai raison sur ce point. " Cependant, ma jambe droite me causait bien du tracas. Car après qu'elle m'eut d'abord semblé complètement démise, je ne parvenais que progressivement à la remettre un peu en place en la pétrissant et en la déplaçant comme il convenait.

« J'entendis alors la jeune fille qui, par compassion, s'était assise à son tour, me dire tout bas : " Non, vous ne m'en imposez pas du tout, car... "

« Attendez, dis-je avec satisfaction et espoir, je n'entends pas, chère mademoiselle, que vous consacriez ne serait-ce que cinq minutes exclusivement à parler avec moi. Mangez donc entre les phrases, je vous en prie.

« Et je tendis le bras, pris une lourde grappe de raisin sur une coupe soutenue par un éphèbe ailé en bronze, je la tins un peu en l'air et la posai ensuite sur une petite assiette à bord bleu que je tendis à la jeune fille, non sans quelque affectation peut-être.

« " Vous ne m'en imposez pas du tout, dit-elle, tout ce que vous dites est ennuyeux et incompréhensible, mais n'est pas vrai pour autant. Je crois en effet, monsieur — pourquoi m'appelez-vous toujours chère mademoiselle —, je crois que si vous ne vous occupez pas de la vérité, c'est tout simplement parce qu'elle est trop fatigante. "

« Dieu du ciel, je fus transporté d'aise ! " Oui, mademoiselle, mademoiselle, dis-je en criant presque, comme vous avez raison ! Chère mademoiselle, saisissez-vous cela, c'est une joie déchirante que d'être ainsi compris sans avoir cherché à l'être.

— La vérité, voyez-vous, est trop fatigante pour

vous, monsieur, car de quoi avez-vous donc l'air ? Vous êtes, sur toute votre longueur, taillé dans du papier de soie, du papier de soie jaune, comme une silhouette découpée, et lorsque vous marchez, on entend nécessairement un bruit de papier froissé. C'est d'ailleurs pourquoi il est injuste de s'emporter contre vos attitudes ou vos opinions, car vous êtes obligé à chaque instant de vous plier au courant d'air qui règne dans la pièce.

— Je ne comprends pas. Car enfin il y a là quelques personnes, debout dans cette pièce. Elles posent leurs bras sur les dossiers des chaises, ou s'appuient sur le piano, ou portent en hésitant un verre jusqu'à leur bouche, ou gagnent timidement la pièce voisine et, après s'être fait mal à l'épaule droite en se cognant dans l'obscurité à une armoire, songent en respirant à la fenêtre ouverte : voilà Vénus, l'étoile du soir. Or, je suis en cette compagnie. S'il y a là une cohérence, je ne la saisis pas. Mais je ne suis même pas sûr qu'il y en ait une... Et voyez-vous, chère mademoiselle, parmi toutes ces personnes si peu au clair sur elles-mêmes qu'elles se comportent de manière tellement irrésolue, voire ridicule, je semble être la seule digne d'entendre sur mon compte des choses tout à fait claires. Et pour que ces choses soient de surcroît pleines d'agrément, vous les dites en vous moquant, si bien qu'il reste encore nettement quelque chose, comme c'est aussi le cas à travers les gros murs d'une maison intérieurement ravagée par le feu. Le regard n'est plus guère arrêté désormais, dans la journée l'on voit par les emplacements béants des fenêtres les nuages du ciel, et la nuit les étoiles. Mais les nuages sont encore souvent tranchés par des pierres grises, et les étoiles composent des figures peu naturelles... Que diriez-vous si, pour vous remercier de cela, je vous confiais qu'un jour tous les êtres humains qui voudront vivre auront le même aspect que moi ; taillés dans du papier de soie jaune, comme des silhouettes découpées — ainsi que vous l'avez remarqué —, et quand ils marcheront, ils feront un bruit de papier froissé. Ils ne seront pas autrement que maintenant, mais ils auront cet aspect. Même vous, chère... "

« Je remarquai alors que la jeune fille n'était plus assise près de moi. Elle avait dû partir peu après les derniers mots qu'elle avait dits, car elle se tenait à présent loin de moi, près d'une fenêtre, cernée par trois jeunes gens qui lui parlaient en riant, du haut de leurs grands cols blancs.

« Là-dessus, je bus joyeusement un verre de vin et m'approchai du pianiste qui, tout seul dans son coin, jouait un air triste en hochant la tête. Je me penchai prudemment vers son oreille, pour qu'il n'ait surtout pas peur, et lui dit doucement, sur l'air qu'il jouait :

" Soyez assez gentil, cher monsieur, pour me laisser jouer maintenant, car je suis sur le point d'être heureux. "

« Comme il ne m'écoutait pas, je restai un moment là, embarrassé, mais ensuite, réprimant ma timidité, j'allai d'un invité à l'autre en disant négligemment :

" Aujourd'hui, je vais jouer du piano. Oui. "

« Tous semblaient savoir que j'en étais incapable, mais ils m'adressaient de grands sourires aimables pour avoir agréablement interrompu leurs conversations. Mais ils ne m'accordèrent toute leur attention que quand je dis tout fort au pianiste :

" Soyez assez gentil, cher monsieur, pour me laisser jouer maintenant, car je suis sur le point d'être heureux. Il s'agit d'un triomphe. "

« Le pianiste cessa bien de jouer, mais il ne quitta pas sa banquette brune, semblant d'ailleurs ne pas me comprendre. Il gémit et se cacha le visage dans ses longs doigts.

« J'étais déjà un peu pris de pitié et j'allais l'encourager à reprendre, quand la maîtresse de maison s'approcha au milieu d'un groupe.

" C'est une drôle d'idée, dirent ces gens en riant bruyamment, comme si je voulais m'engager dans quelque chose de peu naturel. "

« La jeune fille vint se joindre à eux, me regarda avec mépris et dit :

" Je vous en prie, chère madame, laissez-le donc jouer. Peut-être qu'à sa façon il entend contribuer à nous distraire. C'est louable. Je vous en prie, madame. "

« Tous se réjouirent bruyamment, croyant manifestement tout comme moi que c'était ironique. Seul le pianiste était muet. Il tenait la tête baissée et passait l'index de sa main gauche sur le bois de sa banquette, comme s'il dessinait sur le sable. Je tremblais et, pour le dissimuler, je fourrai mes mains dans les poches de mon pantalon. Je n'étais aussi plus capable de parler distinctement, car mon visage tout entier avait envie de pleurer. Il fallait donc que je choisisse mes mots de telle sorte que l'idée que j'aie envie de pleurer semble nécessairement ridicule à mes auditeurs. Je dis :

" Chère madame, il faut que je joue maintenant, car... "

« Ayant oublié la raison que j'avais, je me mis au piano sans autre forme de procès. Alors je compris à nouveau ma situation. Le pianiste se leva et, par délicatesse, enjamba la banquette, car je l'empêchais de passer.

" Eteignez la lumière, je vous prie, je ne peux jouer que dans le noir. "

« Je me redressai. Deux messieurs saisirent alors la banquette et m'emportèrent loin du piano, vers le buffet, en sifflant une chanson et en me balançant légèrement.

« Tous avaient l'air d'approuver et la jeune fille dit :
" Vous voyez, chère madame, il a joué fort joliment. Je le savais. Et vous qui aviez tellement peur. "

« Je compris, et remerciai en m'inclinant, ce que je fis très bien.

« On me servit une citronnade, et une demoiselle aux lèvres rouges me tint le verre pour me faire boire. La maîtresse de maison m'offrit des meringues sur une assiette d'argent, et une jeune fille dans une robe toute blanche m'en mit dans la bouche. Une demoiselle plantureuse avec beaucoup de cheveux blonds me tint au-dessus de la tête une grappe de raisin où je n'eus qu'à piquer, tandis qu'elle fixait mes yeux effarés.

« Puisque tout le monde me traitait si bien, je fus en vérité étonné qu'ils fussent unanimes à me retenir, quand je voulus retourner au piano.

" Maintenant, ça suffit ", dit le maître de maison, que je n'avais pas remarqué jusque-là.

« Il sortit et revint aussitôt avec un gigantesque chapeau haut de forme et un cache-poussière à fleurs de couleur cuivre.

" Voici vos affaires. "

« A vrai dire, ce n'étaient pas mes affaires, mais je ne voulus pas lui causer le désagrément d'aller chercher une seconde fois. Le maître de maison m'enfila lui-même le cache-poussière, qui m'allait parfaitement, moulant étroitement mon corps maigre. Une dame à la figure bienveillante boutonna, en se baissant progressivement, le manteau tout du long jusqu'en bas.

" Eh bien, adieu, dit la maîtresse de maison, et revenez bientôt. Nous aurons toujours plaisir à vous voir, vous le savez. "

« Tout le monde alors s'inclina, comme si c'eût été nécessaire. Je tentai d'en faire autant, mais le manteau me serrait trop. Je pris donc mon chapeau et, sans doute trop gauchement, je passai la porte.

« Mais quand j'eus franchi à petits pas la porte de l'immeuble, je fus assailli par le ciel, avec lune et étoiles et sa grande voûte, et par la Grand-Place avec hôtel de ville, colonne de la Vierge et église.

« Je m'avançai calmement de l'ombre jusqu'au clair de lune, déboutonnai le cache-poussière et me chauffai ; puis, en levant les mains, je fis taire les sifflements de la nuit et je me mis à réfléchir :

" Qu'est-ce que cette manière de faire comme si vous existiez réellement ? Voulez-vous me faire croire que je suis irréel, planté drôlement sur le pavé vert ? Mais cela fait pourtant bien longtemps déjà que tu n'es plus réel, ciel ; et toi, Grand-Place, tu n'as jamais été réelle.

" Il est bien vrai que toujours vous avez eu le dessus sur moi, mais pourtant uniquement quand je vous laisse tranquilles.

" Dieu merci, lune, tu n'es plus lune, mais peut-être est-il désinvolte de ma part de continuer à t'appeler lune, quand tu n'en as plus que le nom. Pourquoi n'es-tu plus aussi arrogante, quand je t'appelle 'lampion de papier oublié à la couleur bizarre' ? Et pourquoi te retires-tu presque dès que je t'appelle 'colonne de la Vierge', et je ne distingue plus ton attitude menaçante, colonne de la Vierge, quand je t'appelle 'lune qui jette une lumière jaune' ?

" On dirait vraiment que cela ne vous fait pas de bien, quand on réfléchit à vous ; vous y perdez du courage et de la santé.

" Dieu, quel profit immanquable, dès que l'homme qui réfléchit se fait l'élève de l'homme qui a bu !

" Pourquoi tout est-il devenu si calme ? Je crois qu'il n'y a plus de vent. Et les petites maisons qui souvent roulent à travers la place comme sur des roulettes semblent plantées en terre... Silence..., silence..., on ne voit plus du tout le mince trait noir qui d'habitude les sépare du sol. "

« Et je me mis à courir. Je fis sans rencontrer d'obstacle trois fois le tour de la Grand-Place et, n'ayant trouvé aucun homme ivre, je courus, sans réduire ma vitesse ni ressentir de fatigue, en direction de la rue Charles. Mon ombre courait parfois près de moi le long du mur en étant plus petite que moi, comme dans un chemin creux, entre façades et trottoirs.

Comme je passai près de la caserne des pompiers, j'entendis du bruit venant de la Petite-Place et, en m'y engageant, je vis un homme ivre debout contre la grille de la fontaine, les bras à l'horizontale et piétinant le sol de ses pieds chaussés de sabots.

« Je commençai par m'arrêter pour laisser ma respiration se calmer, puis j'allai vers l'homme, soulevai mon haut-de-forme et me présentai :

" Bonsoir, délicat gentilhomme, j'ai vingt-trois ans, mais je n'ai pas encore de nom. Or, c'est sûrement avec des noms étonnants, voire chantables, que vous arrivez de cette grande ville de Paris. Le parfum si peu naturel de la cour glissante de France vous entoure.

" Sûrement, vous avez vu, de vos yeux teints, ces grandes dames qui déjà se tiennent sur la grande et lumineuse terrasse, se retournant ironiquement dans leurs corsets étroits, tandis que l'extrémité de leurs traînes peintes, déployées sur l'escalier, repose encore sur le sable du jardin... N'est-ce pas, sur de longues perches disposées un peu partout, des serviteurs en culottes blanches et habits gris à la coupe insolente grimpent, jambes serrées, mais le torse souvent rejeté en arrière et penché de côté, car il leur faut soulever du sol et déployer en l'air sur de gros câbles de gigantesques toiles grises, parce que la grande dame souhaite une matinée brumeuse. "

« Comme il avait un renvoi, je dis, presque effrayé :

" Vraiment, est-il exact que vous veniez, monsieur, de notre Paris, de ce Paris tempétueux, ah, de cet exaltant orage de grêle ? "

« Et comme il avait un nouveau renvoi, je dis, embarrassé :

" Je sais que c'est pour moi un grand honneur. "

« Et je reboutonnai d'un doigt preste mon cache-poussière, puis je déclarai avec ferveur et timidité :

" Je sais que vous ne me jugez pas digne d'une réponse, mais il ne me resterait qu'à vivre dans les larmes, si je ne vous questionnais pas aujourd'hui.

" Je vous en prie, monsieur l'élégant, est-ce vrai, ce qu'on m'a raconté ? Y a-t-il à Paris des êtres qui ne sont faits que de vêtements à falbalas, et des maisons qui n'ont que des portails, et est-il vrai que, les jours d'été, le ciel au-dessus de la ville est d'un bleu fuyant, agrémenté seulement de petits nuages blancs qui y sont collés et ont tous la forme de cœurs ? Et y a-t-il là-bas un diorama fort fréquenté, où l'on ne voit que des arbres portant sur de petits écriteaux les noms de héros, de criminels et d'amoureux illustres ?

" Et puis cette information encore ! Cette information manifestement mensongère !

" N'est-ce pas, ces rues de Paris bifurquent soudain ; elles sont agitées, n'est-ce pas ? Tout n'est pas toujours en ordre, d'ailleurs comment serait-ce possible ! Il se produit à un certain moment un accident, les gens s'attroupent, sortant des rues latérales de leur pas d'habitants des grandes villes, qui ne fait qu'effleurer le pavé ; ils sont tous pleins de curiosité, mais craignent aussi d'être déçus ; ils respirent vite et tendent leurs petites têtes. Mais lorsqu'ils se touchent, ils s'inclinent profondément et se font des excuses : 'Je suis tout à fait désolé... ce n'était pas voulu... quelle bousculade, je vous prie de m'excuser... j'ai été bien maladroit... j'en conviens volontiers. Mon nom est... mon nom est Jérôme Faroche, je suis épicier dans la rue de Cabotin... permettez-moi de vous prier à déjeuner demain... mon épouse aussi sera tellement enchantée.' Ainsi parlent-ils, alors pourtant que la rue est abasourdie et que la fumée des cheminées tombe entre les immeubles. C'est pourtant bien ainsi. Et serait-il possible qu'un jour, sur le boulevard animé d'un quartier chic, deux voitures s'arrêtent. Des domestiques ouvrent gravement les portières. En sortent d'un pas dansant huit purs chiens-loups sibériens qui se mettent à courir à grands bonds sur la chaussée en aboyant. Et l'on dit alors que ce sont de jeunes godelureaux parisiens déguisés. "

« L'homme ivre avait les yeux presque fermés. Quand je me tus, il fourra ses deux mains dans la bouche et tira sur sa mâchoire inférieure. Son vêtement était tout souillé. On l'avait peut-être jeté à la porte d'une taverne et il ne s'en était pas encore rendu compte.

« C'était peut-être cette petite pause tout à fait tranquille entre jour et nuit où, sans que nous nous y attendions, la tête nous pend à la nuque et où, sans que nous le remarquions, tout s'arrête, parce que nous ne le regardons pas, et puis disparaît. Tandis que nous demeurons seuls, le corps plié, que nous regardons autour de nous, mais ne voyons rien, ni ne sentons aucune résistance de l'air, mais nous cramponnons intérieurement à l'idée qu'à une certaine distance de nous il y a des maisons avec des toits et, heureusement, des cheminées anguleuses, par lesquelles l'obscurité coule dans les maisons, traversant les greniers jusque dans toutes sortes de pièces. Et c'est un bonheur que demain il fasse jour, un jour où, si incroyable que ce soit, on verra tout.

« Alors, l'homme ivre haussa brusquement les sourcils, si bien qu'entre eux et ses yeux surgit une lueur, et déclara en allant à la ligne : " C'est-à-dire que voilà... il faut dire que j'ai sommeil, donc je vais aller me coucher... Il faut dire que j'ai un beau-frère place Venceslas... c'est là que je vais, parce que c'est là que j'habite, parce que c'est là qu'est mon lit... maintenant, j'y vais... Seulement, il faut dire que je ne sais pas son nom, ni son adresse... j'ai l'impression que j'ai oublié... mais ça ne fait rien, car je ne sais même pas si j'ai vraiment un beau-frère... Mais enfin, j'y vais, maintenant... Est-ce que vous croyez que je vais le trouver ? "

« Sur quoi je dis sans hésiter : " C'est sûr. Mais vous n'êtes pas d'ici, et il se trouve que vos domestiques ne sont pas auprès de vous. Permettez que je vous conduise. "

« Il ne répondit pas. Alors je lui offris mon bras, pour qu'il le prenne. »

d) Suite de la conversation entre le gros et l'homme en prière.

Or, moi, j'essayais depuis un moment de retrouver mon entrain. Je me frictionnais le corps et me disais à moi-même :

Il est temps que tu parles. Déjà, tu es embarrassé. Te sens-tu oppressé ? Attends donc ! Tu connais bien ces situations. Réfléchis-y sans précipitation. Même tout ce qui t'entoure attendra.

C'est comme dans cette réunion de la semaine dernière. Quelqu'un lit une copie d'un texte. L'une des pages en a été à sa demande recopiée par moi-même. Quand je lis cette copie au milieu des pages qu'il a lui-même écrites, je prends peur. C'est incohérent. Les gens se penchent dessus des trois côtés de la table. Je jure en pleurant que ce n'est pas mon écriture.

Mais pourquoi voudrait-on que cela ressemble à ce qui se passe aujourd'hui ? Il ne dépend que de toi que s'engage une conversation bien délimitée. Tout est paisible. Fais donc un effort, mon cher !... Tu trouveras bien tout de même une objection... Tu peux dire : « J'ai sommeil. J'ai mal à la tête. Adieu. » Alors vite, vite. Manifeste-toi !... Qu'y a-t-il ? Des obstacles et encore des obstacles ? De quoi te souviens-tu ?... Je me souviens d'un haut plateau qui se bombait vers le vaste ciel comme un bouclier de la terre. Je le voyais depuis une montagne et m'apprêtais à le traverser. Je me mettais à chanter.

Mes lèvres étaient sèches et m'obéissaient mal, lorsque je dis :

« Ne devrait-on pas pouvoir vivre autrement ?

— Non, dit-il d'un ton interrogateur et en souriant.

— Mais pourquoi priez-vous le soir à l'église », lui demandai-je alors, tandis que s'écroulait entre lui et moi tout ce que jusque-là j'avais soutenu comme en somnolant.

« Non, pourquoi devrions-nous parler de cela ? Le soir, nulle personne vivant seule n'a de responsabilité. On redoute plus d'une chose. Que peut-être la corporéité s'évanouisse, que les gens soient réellement tels qu'ils paraissent être dans le crépuscule, qu'on n'ait pas le droit de marcher sans canne, qu'il serait peut-être bon d'aller à l'église et de prier en criant, pour que les gens vous regardent et qu'on ait un corps. »

L'entendant parler ainsi, puis se taire, je tirai mon mouchoir rouge de ma poche et, plié en deux, je pleurai.

Il se leva, m'embrassa et dit :

« Pourquoi pleures-tu ? Tu es grand, j'aime cela, tu as de longues mains qui se comportent presque selon ton bon vouloir ; pourquoi ne te réjouis-tu pas de cela ? Porte toujours des manchettes de couleur sombre, je te le conseille... Non... Je te flatte et pourtant tu pleures ? Tu supportes pourtant fort raisonnablement cette difficulté de la vie. »

Nous construisons en fait d'inutilisables machines de guerre, des tours, des murailles, des rideaux de soie, et nous pourrions nous en étonner fort, si nous en avions le temps. Et nous nous maintenons en suspens, nous ne tombons pas, nous voletons, bien que nous soyons plus laids que des chauves-souris. Et déjà c'est à peine si quelqu'un peut nous empêcher de dire, par une belle journée : « Mon Dieu, que nous avons une belle journée. »

Car déjà nous sommes bien installés sur notre terre et vivons sur la base de notre connivence.

Nous sommes en effet comme les troncs d'arbre dans la neige. On dirait bien qu'ils sont juste posés bien à plat et qu'on pourrait les faire glisser en les poussant un peu. Mais non, on ne peut pas, car ils sont solidement attachés au sol. Seulement voilà, même cela n'est qu'une apparence.

Réfléchir m'empêchait de pleurer :

« Il fait nuit et personne ne pourra me reprocher demain ce que je pourrais dire à présent, car cela peut avoir été dit en dormant. »

Puis je dis :

« Oui, c'est cela, mais de quoi parlions-nous donc ? Nous ne pouvions pourtant pas parler de l'éclairage du ciel, puisque nous sommes au fond d'un couloir d'immeuble. Non... mais nous aurions tout de même pu en parler, car dans notre conversation nous ne sommes pas tout à fait indépendants, puisque nous ne visons pas un but ni la vérité, mais seulement le badinage et le divertissement. Mais pourriez-vous tout de même me raconter encore une fois l'histoire de la femme dans le jardin. Qu'elle est admirable, qu'elle est intelligente, cette femme ! Il nous faut nous conduire à son exemple. Comme elle me plaît ! Et puis c'est aussi une bonne chose que je vous aie rencontré et que je vous aie cueilli ainsi. Ce fut pour moi un grand plaisir que d'avoir parlé avec vous. J'ai entendu plusieurs choses que, peut-être à dessein, je ne connaissais pas... J'en suis heureux. »

Il eut l'air content. Quoique le contact d'un corps humain me soit toujours désagréable, je ne pus pas ne pas le serrer dans mes bras.

Puis nous ressortîmes du couloir et nous retrouvâmes sous le ciel. Mon ami chassa d'un souffle quelques petits nuages pilés, si bien que dès lors la surface ininterrompue des étoiles s'offrit à nous. Mon ami marchait avec peine.

4 Fin du gros

Alors tout fut saisi par la vitesse et tomba dans le lointain. L'eau du fleuve fut emportée dans une chute, voulut se retenir, hésita encore sur l'arête qui s'effritait, mais ensuite chuta en grumeaux et en fumée.

Le gros ne put continuer à parler, il ne put que se retourner et disparaître dans la chute d'eau rapide et bruyante.

Moi, qui avais eu droit à tant de divertissements, je me tenais sur la rive et je regardais.

« Que sont censés faire nos poumons », criai-je. Et je criai : « Si vous respirez vite, vous vous étouffez vous-même, par les poisons intérieurs ; si vos poumons respirent lentement, vous étouffez du fait d'un air qui n'est pas respirable, du fait des choses qui se révoltent. Mais si vous voulez chercher votre rythme, cette simple recherche vous est fatale. »

Pendant ce temps, les rives de ce fleuve s'étendaient démesurément et pourtant, du plat de la main, je touchais au loin le fer d'un minuscule poteau indicateur. Voilà qui ne m'était pas tout à fait compréhensible. J'étais pourtant petit, presque plus petit que d'habitude, et un buisson d'aubépine blanche, qui s'agitait très rapidement, me surplombait. Je vis cela, parce qu'un instant auparavant il était près de moi.

Mais cependant je m'étais trompé, car mes bras étaient aussi grands que les nuages d'une pluie qui s'abat sur tout le pays ; simplement, ils étaient plus prestes. Je ne sais pourquoi ils voulaient écraser ma pauvre tête.

Celle-ci était pourtant si petite, comme un œuf de fourmi, sauf qu'elle était un peu endommagée, donc plus parfaitement ronde. J'exécutai avec elle des mouvements tournants pour implorer, car l'expression de mes yeux aurait pu ne pas être remarquée, tant ils étaient petits.

Mais mes jambes, ces impossibles jambes qui étaient pourtant miennes, étaient étendues au-dessus des montagnes boisées et faisaient de l'ombre aux vallées villageoises. Elles grandissaient, grandissaient ! Déjà elles pointaient dans l'espace qui ne possédait plus de paysage, leur longueur échappant depuis longtemps déjà à mon acuité visuelle.

Mais non, ce n'est pas cela... je suis petit, voyons, provisoirement petit... je roule... je roule... je suis une avalanche dans la montagne ! Je vous en prie, gens qui passez par là, soyez assez bons pour me dire quelle est ma taille, mesurez-moi ces bras, ces jambes.

III

« Mais qu'en est-il ? » dit l'homme qui m'avait accompagné depuis cette soirée et qui marchait tranquillement près de moi sur une allée du mont Saint-Laurent. « Arrêtez-vous un peu, enfin, que j'y voie clair... Vous savez, j'ai une affaire à régler. C'est tellement fatigant... cette nuit certes froide, et aussi lumineuse, mais ce vent mécontent, qui même parfois semble modifier la position de ces acacias. »

L'ombre de la maison du jardinier était tendue

sur l'allée un peu bombée, et ornée d'un rien de neige. Quand j'aperçus le banc qui était à côté de la porte, je pointai sur lui ma main levée, car je n'étais pas courageux et je m'attendais à des reproches, j'appliquai donc ma main gauche sur la poitrine.

Il s'assit avec mauvaise humeur, sans se soucier de ses beaux habits et m'étonna fort en serrant ses coudes contre ses hanches et en posant son front sur le bout de ses doigts arqués.

« Oui, voici à présent ce que je veux dire. Vous savez, je mène une vie régulière, il n'y a rien à redire, tout ce qui est nécessaire et reconnu arrive. Le malheur auquel on est habitué dans le monde où je fréquente ne m'a pas épargné, comme mon entourage et moi-même l'avons vu avec satisfaction, et ce bonheur général ne s'est pas refréné non plus, et j'ai pu moi-même en parler en petit comité. Bon, je n'avais encore jamais été réellement amoureux. Je le déplorais parfois, mais j'usais de cette expression lorsque j'en avais besoin. Mais à présent je suis obligé de le dire : oui, je suis amoureux et sans doute tout excité de l'être. Je suis un amoureux ardent, comme les jeunes filles souhaitent en avoir. Mais n'aurais-je pas dû réfléchir que précisément cette lacune antérieure donnait à mon existence un tour exceptionnel et drôle, particulièrement drôle ?

— Du calme, surtout, du calme, dis-je avec indifférence et en ne songeant qu'à moi-même. Votre bien-aimée est belle, vous ne vous êtes pas fait faute de me le dire.

— Oui, elle est belle. Tandis que j'étais assis près d'elle, je ne cessais de penser : ce coup d'audace... et je suis si téméraire... j'entreprends là une traversée... je bois du vin à pleins gallons. Mais quand elle rit, elle ne montre pas ses dents, comme on s'y attendrait, on voit uniquement l'orifice sombre, effilé et arqué, de sa bouche. Et ça vous a une allure de vieillard matois, bien qu'en riant elle rejette la tête en arrière.

— Je ne puis en disconvenir, dis-je avec force soupirs, sans doute ai-je vu cela aussi, car cela doit frapper. Mais il n'y a pas que cela. La beauté des jeunes filles, d'une façon générale ! Souvent, lorsque je vois des robes avec toutes sortes de plissés, de nids d'abeille et d'ornements pendants, qui moulent joliment de jolis corps, je songe qu'elles ne restent pas longtemps ainsi ; qu'elles se froissent sans qu'on puisse plus les repasser ; qu'elles prennent la poussière, qui ne part plus des parements où elle s'accumule ; et que personne ne voudra se donner le ridicule et la tristesse, jour après jour, de passer tous les matins la même robe somptueuse pour la quitter le soir. Je vois néanmoins des jeunes filles qui sont bien belles et montrent toutes sortes de muscles et de fines attaches et une peau tendue et des masses de cheveux fins, et qui apparaissent pourtant tous les jours dans ce seul et unique déguisement naturel, et qui posent toujours le même visage dans le creux de la même main pour le faire refléter par leur miroir. Parfois seulement, le soir, rentrant tard d'une fête, ce visage dans le miroir leur paraît usé, bouffi, poussiéreux, un visage que tous ont déjà vu et qui n'est plus guère mettable.

— Mais, en chemin, je vous ai souvent demandé si vous trouvez belle la jeune fille, or vous vous êtes toujours tourné de l'autre côté sans me répondre. Dites-moi, est-ce que vous méditez un mauvais coup ? Pourquoi ne me réconfortez-vous pas ? »

Je plantai mes pieds dans l'ombre et dis avec sollicitude :

« Rien n'impose de vous réconforter. Car enfin, on vous aime. »

Et je mis mon mouchoir imprimé de grappes de raisin bleues devant ma bouche, pour ne pas prendre froid.

Alors il se tourna vers moi et appuya son gros visage sur le dossier bas du banc :

« Vous savez, d'une façon générale j'ai encore le temps ; je puis encore mettre un terme immédiatement à cet amour qui débute : il me suffit de commettre une ignominie, ou une infidélité, ou de partir pour un pays lointain. Car réellement je m'interroge : faut-il me laisser aller à cette excitation ? Il n'y a rien là de sûr, personne ne peut indiquer avec certitude direction ni durée. Si je me rends dans une taverne avec l'intention de m'enivrer, je sais que ce soir-là je serai ivre, mais dans mon cas ! Dans une semaine, nous voulons faire une excursion avec une famille d'amis : est-ce que cela ne va pas donner dans le cœur un orage pour quinze jours ? Les baisers de ce soir me rendent somnolent, afin d'avoir la place de rêves débridés. Je me rebiffe là contre et fais une promenade nocturne, et voilà que sans cesse je suis tout ému, mon visage est froid et chaud comme après des bourrasques, je ne peux m'empêcher de toucher continuellement un ruban rose dans ma poche, j'ai sur mon compte les plus grandes craintes, mais je ne puis y donner suite, et même vous, monsieur, je vous supporte, alors qu'assurément jamais, sinon, je parlerais aussi longtemps avec vous. »

J'avais très froid et déjà le ciel déclinait un peu dans une couleur blanchâtre :

« Rien ne servira de commettre une ignominie, ou d'être infidèle, ou de partir pour un pays lointain. Vous serez contraint de vous tuer », dis-je en souriant par-dessus le marché.

En face de nous, de l'autre côté de l'allée, se

dressaient deux buissons et, derrière ces buissons, en contrebas, il y avait la ville. Elle était encore un peu éclairée.

« Bon, s'écria-t-il en frappant le banc de son petit poing serré, que toutefois il reposa aussitôt. Mais vous vivez, vous. Vous ne vous tuez pas. Personne ne vous aime. Vous ne parvenez à rien. Vous ne pouvez vous rendre maître de l'instant qui vient. Et voilà ce que vous venez me raconter, méchant homme. Vous êtes incapable d'aimer, rien ne vous émeut, hormis la peur. Regardez un peu ma poitrine. »

Et il déboutonna prestement son manteau, son veston et sa chemise. Sa poitrine était vraiment large et belle. Je me mis à raconter :

« Eh oui, nous sommes quelquefois pris par de tels états où nous nous insurgeons. Ainsi, moi, j'étais cet été dans un village. Il se trouvait au bord d'un fleuve. Je me rappelle très précisément. Souvent, j'étais assis sur un banc, sur la berge, et je me tenais tout de travers. Il y avait un hôtel de la plage, là-bas aussi. On y entendait souvent du violon. De robustes jeunes gens, attablés dans le jardin devant des bières, parlaient de chasse et d'aventures. Et puis il y avait sur l'autre rive des montagnes tellement nuageuses. »

Je me levai alors, avec une grimace figée de la bouche, je posai les pieds sur le gazon qui était derrière le banc, brisant au passage quelques petites branches couvertes de neige, et dis ensuite à l'oreille de mon compagnon :

« Je suis fiancé, je l'avoue. »

Mon compagnon ne s'étonna pas de me voir debout :

« Vous êtes fiancé ? »

Il était assis là avec un air vraiment très faible, il

n'était tenu que par le dossier. Puis il ôta son chapeau et je vis ses cheveux ; ils sentaient bon, étaient bien peignés et, sur la chair de son cou, dessinaient son crâne rond d'une courbe bien nette, comme on aimait cet hiver-là.

J'étais content de lui avoir répondu si astucieusement. Oui, me dis-je, comme il évolue dans le monde ! Le cou souple et les bras dégagés. Il est capable, ce bon causeur, d'emmener une dame d'un bout à l'autre d'une salle, et cela ne l'inquiète nullement qu'il pleuve devant la maison, ou qu'un timide se tienne là, ou que se produire tel autre fait lamentable. Non, il s'incline avec la même élégance devant les dames. Mais le voilà maintenant assis là.

Comme si notre préoccupation avait tout assombri, nous étions installés en haut de cette pente comme dans une petite chambre, quoique auparavant déjà nous eussions remarqué la lumière et le vent du matin. Nous étions près l'un de l'autre, même si nous ne nous aimions guère, mais nous ne pouvions pas nous éloigner beaucoup l'un de l'autre, car les murs étaient strictement et solidement dressés. Mais nous pouvions nous comporter de façon ridicule et sans dignité humaine, car nous n'avions pas lieu d'avoir honte devant les branches au-dessus de nous, ni les arbres qui étaient en face.

C'est alors que, sans plus de cérémonie, mon compagnon tira de sa poche un couteau, l'ouvrit d'un air pensif et puis le planta comme par jeu dans son avant-bras gauche, et ne l'en retira pas. Aussitôt le sang coula. Ses joues rondes étaient pâles. Je retirai le couteau, fendis la manche du manteau et celle de la veste, et déchirai la manche de la chemise. Descendis ensuite un peu l'allée en courant, et la remontai, pour voir s'il n'y avait personne qui pût m'aider. Tous les branchages se voyaient presque crûment, dans leur immobilité. Puis je suçai un peu la profonde plaie. Je me souvins alors de la petite maison du jardinier. Je gravis en courant les marches qui conduisaient à la pelouse surélevée se trouvant sur la gauche de la maison, j'essayai précipitamment les fenêtres et les portes, je carillonnai furieusement en tapant du pied, ayant pourtant vu tout de suite que la maison était inhabitée. Puis j'examinai la plaie, d'où coulait un filet de sang. J'humectai son mouchoir dans la neige et lui en fis maladroitement un pansement sur le bras.

« Ah, mon ami, mon ami cher, dis-je, c'est à cause de moi que tu t'es blessé. Tu es en position si avantageuse, entouré de gens amicaux, tu peux au grand jour aller te promener, lorsque de nombreuses personnes soigneusement habillées se montrent de toutes parts entre des tables ou sur des allées vallonnées. Songe qu'au printemps nous irons en voiture jusqu'aux pépinières, non, pas nous, c'est bien vrai hélas, c'est Annette et toi qui prendrez une voiture, allègrement et au trot. Oh oui, crois-moi, je t'en supplie, et le soleil vous montrera à tout le monde sous votre jour le plus beau. Ah, il y a de la musique, on entend les chevaux au loin, il n'y a pas lieu de se faire du souci, ce sont de grands cris, et des orgues de barbarie jouent dans les allées.

— Ah, Dieu », dit-il en se levant et en s'appuyant sur moi tandis que nous marchions « il n'y a donc pas de secours. Cela ne saurait me réjouir. Pardonnez-moi. Est-il déjà tard ? Peut-être fallait-il que je fasse quelque chose demain matin. Ah, mon Dieu. »

Un réverbère brillait près du mur, en haut, et

projetait l'ombre des troncs d'arbre sur l'allée et la neige blanche, tandis que l'ombre multiple des branches était couchée sur la pente, tantôt courbée, tantôt brisée.

ÉLÉMENTS DE BIBLIOGRAPHIE

Le texte allemand de *La Métamorphose (Die Verwandlung)* se trouve en particulier dans le vol. I des *Gesammelte Schriften* en IX volumes (2ᵉ éd.), édité en 1946 à New York par Schocken Books, et en 1952 à Francfort par S. Fischer Verlag, et fréquemment réédité depuis.

Le texte allemand de *Description d'un combat (Beschreibung eines Kampfes)*, dans une version mixte où Max Brod contaminait la version A et la version B, figure dans le vol. V (Francfort, Fischer, 1954) de la même édition. Les deux versions sont éditées en parallèle dans :

Ludwig DIETZ, *Beschreibung eines Kampfes. Die zwei Fassungen. Parallelausgabe nach den Handschriften.* Francfort, Fischer, 1969.

On trouvera la version A (traduite ici) de *Beschreibung eines Kampfes*, ainsi que le texte de *Die Verwandlung*, dans l'édition de poche :

Franz KAFKA, *Sämtliche Erzählungen.* Herausgegeben von Paul Raabe. Francfort, Fischer Taschenbuch Verlag, 1970 (nombreuses rééditions).

En français, le deuxième volume des *Œuvres complètes* de Kafka (Paris, Gallimard « Bibliothèque de la Pléiade », 1980) donne les deux versions de *Description d'un combat* traduites par Claude David, et *La Métamor-*

phose dans la traduction d'Alexandre Vialatte, assortie de corrections en notes par Claude David.

Très peu d'études critiques ont été consacrées à *Description d'un combat*. Au contraire, *La Métamorphose* a fait l'objet, en particulier en allemand, de commentaires désormais presque innombrables. La plupart sont aussi aventureux que stériles, et tous sont moins éclairants que la lecture des autres textes de Kafka, dont l'œuvre fragmentaire et inachevée manifeste une rare cohérence. On ne saurait donc mieux faire que de lire d'abord le premier en date des romans auxquels l'auteur a travaillé, s'interrompant pour écrire *La Métamorphose* :

Amerika ou Le Disparu. Traduction d'après le dernier état du texte de Kafka et préface de Bernard Lortholary. Paris, GF Flammarion, 1988. 343 p.

On lira ensuite ses deux autres romans :
Le Procès. Traduction et introduction de Bernard Lortholary. Paris, GF Flammarion, 1983. 311 p.
Le Château. Traduction, préface et notes de Bernard Lortholary, d'après le dernier état du manuscrit laissé par Kafka. Paris, GF Flammarion, 1984. 384 p.

Parmi les ouvrages généraux consacrés à Kafka en langue française, on consultera avec profit :
Klaus WAGENBACH, *Kafka*. Paris, éd. du Seuil (Ecrivains de toujours), 1968. 190 p. Trad. Alain Huriot.
Marthe ROBERT, *Kafka*. Paris, N.R.F. Gallimard (La Bibliothèque idéale), 1960. 299 p.

La dernière en date et la mieux informée des biographies consacrées à Kafka est celle de :
Ernst PAWEL, *Franz Kafka ou le Cauchemar de la raison*. Trad. de l'américain par Michel Chion et Jean Guiloineau. Paris, éd. du Seuil, 1988. 480 p.

Enfin, on attend avec impatience le grand ouvrage du meilleur spécialiste français de Kafka :
Claude DAVID, *Kafka*. Paris, éd. Mazarine (à paraître).

REPÈRES BIOGRAPHIQUES

1883 (3 juillet) : Naissance à Prague. Franz est le fils aîné de Hermann Kafka, gros négociant en « nouveautés » parti de peu et animé d'une « volonté qui porte vers la vie, les affaires, la conquête » et qui en fera un père austère et dur. Son épouse, Julie Löwy, est issue d'une lignée plus portée vers « la fierté, la sensibilité, l'équité, l'inquiétude », et où l'on trouve des intellectuels, des artistes, des rabbins célèbres.

1889 : Entrée à l'école primaire allemande. La langue de la famille était l'allemand, bien que le père parlât à l'origine aussi le tchèque.
Naissance de sa sœur Elli. Deux frères étaient morts en bas âge.

1890 : Naissance de sa sœur Valli.

1892 : Naissance de sa sœur Ottla.

1893 : Entrée au lycée allemand de la Vieille-Ville, dont les élèves sont pour les trois quarts issus de la bourgeoisie juive.

1901 : Diplôme de fin d'études secondaires.

1902 : Après avoir entamé des études littéraires, puis songé à s'expatrier, Kafka fait son droit.
Fréquentation de cercles littéraires. Rencontre de Max Brod et d'autres écrivains qui seront ses amis.

1903 : Kafka semble avoir déjà beaucoup écrit et beaucoup détruit de manuscrits. Lectures. Doutes. Solitude. Début du travail à la *Description d'un combat*.

1906 : Doctorat en droit.
Stages chez un oncle avocat, puis auprès de deux tribunaux de Prague.

1907 : Entrée à la filiale praguoise des Assicurazioni Generali.

1908 : Première publication de textes courts en revue. Entrée à l'Office d'assurances contre les accidents du travail, organisme semi-public que Kafka ne quittera plus que pour des congés de maladie. Il y accomplira un travail très apprécié, qui lui fera connaître la misère du peuple et la bureaucratie.

1909 : Contacts avec plusieurs organisations politiques, en particulier avec les anarchistes. Elargissement des relations littéraires : Werfel, Martin Buber, etc.

1910 : Kafka tient un *Journal*.

1911 : Voyage avec Max Brod en Italie du Nord, en Suisse et à Paris. A Prague, fréquentation assidue de l'acteur Jizchak Löwy et de sa troupe de théâtre juif.

1912 : Projet du roman (inachevé et posthume) *Amerika*. Rencontre de Felice Bauer, correspondance intense. Rédaction du *Verdict* et de *La Métamorphose*.
Publication du premier volume de Kafka : *Considération*.

1913 : Poursuite des relations épistolaires avec Felice Bauer, que Kafka va voir plusieurs fois à Berlin. Peur du mariage, peur de la solitude.

1914 : Fiançailles avec Felice. Rupture.
Début du travail sur le *Procès*.
Rédaction de *La Colonie pénitentiaire*.

1915 : Kafka quitte le foyer de ses parents.
Publication, en revue, de « Devant la Loi », seul fragment du *Procès* publié du vivant de Kafka.
Publication de *La Métamorphose*.

1916 : Nouvelle correspondance avec Felice, puis nouvelle rencontre. Nouvelles angoisses.
Publication du *Verdict*.

1917 : Kafka écrit beaucoup.
Nouvelles fiançailles avec Felice.
Diagnostic de tuberculose pulmonaire. Jusque-là, les séjours de Kafka dans des sanatoriums étaient mis sur le compte de l'hypocondrie.
Congé. Rupture avec Felice Bauer.
Publication de *Un médecin de campagne*.

1918 : Retour à Prague. Séjours à la campagne.

1919 : Projet de mariage avec Julie Wohryzek.

1920 : Correspondance avec Milena Jesenska.

1921 : Long séjour dans un sanatorium des monts Tatra.

1922 : Reprise d'une grande activité littéraire, en dépit d'un état alarmant, qui l'éloigne plusieurs fois de Prague.
Rédaction du *Château*.

1923 : Séjour sur la Baltique, où il rencontre Dora Dymant, avec laquelle il s'installa à l'automne dans le Berlin de l'inflation.

1924 : Kafka doit être ramené de Berlin et hospitalisé. Il meurt le 3 juin dans un sanatorium près de Vienne.

TABLE

Avant-propos 5
LA MÉTAMORPHOSE 11
DESCRIPTION D'UN COMBAT 101

Eléments de bibliographie 177
Repères biographiques 181

PUBLICATIONS NOUVELLES

AGEE
La Veillée du matin (508).
ANDERSEN
Les Habits neufs de l'Empereur (537).
BALZAC
Les Chouans (459). La Duchesse de Langeais (457). Ferragus. La Fille aux yeux d'or (458). Sarrasine (540).
BARRÈS
Le Jardin de Bérénice (494).
CHEDID
Nefertiti et le rêve d'Akhnaton (516). *** Le Code civil (523).
CONDORCET
Esquisse d'un tableau historique des progrès de l'esprit humain (484).
CONRAD
Au cœur des ténèbres (530).
CONSTANT
Adolphe (503).
*** Les Déclarations des Droits de l'Homme (532).
DEFOE
Robinson Crusoe (551).
DESCARTES
Correspondance avec Elisabeth et autres lettres (513).
FRANCE
Les Dieux ont soif (544). Crainquebille (533).
GENEVOIX
La Dernière Harde (519).
GOGOL
Le Revizor (497).
KAFKA
La Métamorphose (510). Amerika (501).
LA HALLE
Le Jeu de la Feuillée (520). Le Jeu de Robin et de Marion (538).
LOTI
Le Roman d'un enfant (509) Aziyadé (550).

MALLARMÉ
Poésies (504).
MARIVAUX
Le Prince travesti. L'Ile des esclaves. Le Triomphe de l'amour (524).
MAUPASSANT
La Petite Roque (545).
MELVILLE
Bartleby. Les Iles enchantées. Le Campanile (502). Moby Dick (546).
MORAND
New York (498).
MORAVIA
Le Mépris (526).
MUSSET
Lorenzaccio (486).
NODIER
Trilby. La Fée aux miettes (548).
PLATON
Euthydème (492). Phèdre (488). Ion (529).
POUCHKINE
La Fille du Capitaine (539).
RIMBAUD
Poésies (505). Une saison en enfer (506). Illuminations (517).
STEVENSON
Le Maître de Ballantrae (561).
TCHEKHOV
La cerisaie (432)
TOCQUEVILLE
L'Ancien Régime et la Révolution (500).
TOLSTOÏ
Anna Karenine I et II (495 et 496).
VOLTAIRE
Traité sur la tolérance (552).
WELTY
L'Homme pétrifié (507).
WHARTON
Le Temps de l'innocence (474). La Récompense d'une mère (454).

GF GRAND-FORMAT

CHATEAUBRIAND
Mémoires d'Outre-Tombe. Préface de Julien Gracq (4 vol.)
FORT
Ballades françaises
GRIMM
Les Contes (2 vol.)
GUTH
Histoire de la littérature française (2 vol.)

HUGO
Poèmes choisis et présentés par Jean Gaudon
LAS CASES
Le Mémorial de Sainte-Hélène (2 vol.).
MAURIAC
Mémoires intérieurs et Nouveaux Mémoires intérieurs

Vous trouverez chez votre libraire le catalogue complet de notre collection.

GF — TEXTE INTÉGRAL — GF

1998-VIII-1990. — Imp. Bussière, St-Amand (Cher).
N° d'édition 12684. — Novembre 1988. — Printed in France.